柿園 聖三

魂の十字架

★
白鯨メルヴィルの深層
★

東京図書出版

■ まえがき

『白鯨』には、「日本」とか「日本沖」などという言葉が、頻繁に登場します。『白鯨』の船長「エイハブ」は日本沖で左足を失いますが、捕鯨船「ピークオッド号」も日本沖の猛烈な台風で三本マストを破壊されています。

ハーマン・メルヴィルは、123章で、その当時の日本のことを「鍵のかかった国（locked Japan）」と表現しています。

19世紀前半から後半にかけては、アメリカの捕鯨は全盛期でした。多くの捕鯨船が「抹香鯨」を求めて、はるか遠い太平洋の西端にある「日本漁場」を目指して殺到してきたのです。

日本沖に接近すれば、必然的に台風に遭遇する危険性は増大する上、水や薪、食料などを補給できる場所の確保も重要になってきます。

江戸時代の後期、日本沿岸の海上輸送が活発になると共に、遭難事故も頻発し、漂流民が外国船に救助される事例が増加していました。

その機会を逃すまいと、通商を求める国々が次々と現れます。ペリーの黒船が来航する七年前には、アメリカの軍艦が浦賀沖に来航し通商を求める事件もありましたが、幕府は拒否しています。

しかし、ついに嘉永6（1853）年6月3日、ペリー率いる四隻のアメリカの軍艦が、大西洋→インド洋→マラッカ海峡を通過し、シンガポールや香港、上海、更に沖縄などに立ち寄りながら、七カ月半もかけてはるばる三浦三崎沖に到達し、日本に開国を迫った出来事は、歴史的大事件でした。カリフォルニアが合衆国の一つの州になったのは1850年であり、太平洋は「アメリカの庭」になりかけていたのです。

1851年は、メルヴィルが『白鯨』を世に送りだした年であり、偶然にもアメリカの捕鯨船「ジョン・ハウランド号」に救助された「万次郎」が10年ぶりに日本（沖縄）の土を踏んだ記念すべき年でもあります。鎖国という日本の固い扉を開くきっかけは、アメリカの捕鯨船であることを、メルヴィルは暗示していたのかも知れません。

さて本書は、メルヴィルとジョン万次郎の接点を探る一方、何故メルヴィルは、この小説『白鯨（モビー・ディック）』を書こうとしたのか、この読みにくいと言われる『白鯨』を『聖書』等の背景を含めて、分かりやすく読み解いていこうと意図したものです。

　『白鯨』（メルヴィル）を理解するためには、『白鯨』だけ読んでいては不十分と感じます。そこで、第七章までは『白鯨』を中心に『聖書』関連の逸話などを加味しながら解説しました。それを更に補強する意味で、メルヴィルの自叙伝とも言われる『レッドバーン』を第八章に、軍艦体験記である『白いジャケット』を第九章に取り上げています。『白鯨』を理解するためのヒントが両作品には隠されています。

　最後の第十章で「ガラパゴス諸島」を加えたのは、ダーウィンが踏査した６年後に、メルヴィルも群島の一つ「チャタム島」を訪れており、『エンカンタダス（魔の島々）』を書き残しているからです。「ガラパゴス諸島」は、二人の人生の重要な分岐点であり、ダーウィンもメルヴィルも『聖書』をはるかに超えた「領域」に到達した人物と考えるからです。

　『白鯨』は、一種のミステリー小説です。有名な探偵が登場するわけではありませんが、メルヴィルは、所々で謎をかけてくるような気がします。その謎を解くのは、読者自身の仕事というわけです。

目次

第四章　白鯨における白の思想 81

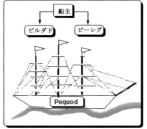

北極熊の毛は「白く見える」ことは確かだが、実際の毛は
白くはない。透明な中空の糸のようなもので、光の反射で
白く見えるに過ぎない。しかも、その毛の下の皮膚は黒い。

第五章　白鯨の追跡とピークオッド号の交流 99

第六章　白鯨との死闘

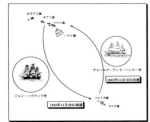
第七章　メルヴィルと万次郎の＝すれ違い＝

第八章　『レッドバーン』

第九章　『白いジャケット』（閉ざされた空間）

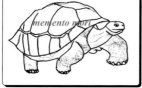
第十章　"エンカンタダス諸島（魔の島々）"

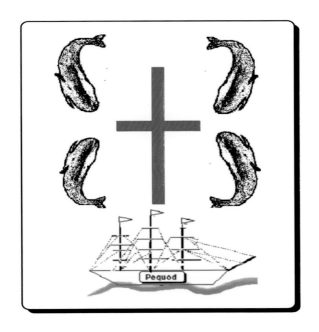

第一章

「語源・文献部」：隠された意図

　平成31年３月いっぱいで南極海での調査捕鯨を終了した捕鯨
船が帰国したというニュースは、あまり注目を集めなかった。
　国際捕鯨委員会（IWC）から脱退し令和元年７月からは沿岸
捕鯨に集約するという結末の可否は別としても一抹の寂しさは
残る。鯨骨は縄文・弥生遺跡にも出土しており、『万葉集』『古
事記』『風土記』などでは鯨魚取が出てくるように、日本の鯨
の歴史も長い。

（1－1） 邦訳本の混乱

『白鯨』という本は、かなり手ごわい作品である。まず冒頭に出現する「語源部」に登場する鯨という単語が、まず「ヘブライ語」、次に「ギリシャ語」、「ラテン語」を含む言語の紹介からはじまる。更に続く「文献部」では、『旧約聖書』の創世記、ヨブ記、ヨナ書、詩編、イザヤ書などに加えて、鯨関連の多数の書籍の内容抜粋の話が、長々と続くのである。これは非常に大きな「関門」に見える。もともと『旧約聖書』の原典は、ヘブライ語で書かれたものであり、『新約聖書』はギリシャ語で書かれていたことが暗黙の了解であり、『白鯨』に登場する様々な人物の名称や事件の背景が、『聖書』や西洋の古典などと非常に密接につながっている。この点を考慮すれば、欧米人にはあまり障害ともならないはずであるが、日本人にとっては、読みにくい部分はかなり存在する。該博なメルヴィルは、『聖書』なども一緒に読んでくれと言っているように思える。『白鯨』は初版刊行当初から問題があり、イギリス版とアメリカ版との間には、タイトルの違いや語源部・文献部の配置などにも、かなりの変動があったようだ。

原題としては、「*The whale*」、「*Moby-dick, or The whale*」とか「*Moby-dick, or The white whale*」、「*Moby-dick*」など様々であり、作者自身にも迷いがあったかもしれない。

邦訳では、ほぼ『白鯨』として統一されているが、訳出しにくいタイトルではある。「白鯨」だけでは、どんな種類の鯨なのか想像できないが、登場するのは白い抹香鯨である。"*Moby-dick*"を、あえて直訳するとすれば**どえらく大きいやつ**ということになる。これでは読者にぴんとくるはずもないので、"*The whale*"、"*The white whale*"などと補足説明を加えたのかもしれないが、初版本は不評であまり売れなかったといわれている。

この作者自身の混乱とは別に、確認できた和訳本の中にも惰眠に近い無作為のミスがある。『白鯨』の冒頭に出てくる「語源部」の中で、メ

ルヴィルは、ハクルート（イギリスの歴史家）という人物の言葉を引用して「……鯨の名前（whale）を教えるときにHなどの文字を一つでも抜いたとすると全体の語の意味が成り立たなくなり、生徒に虚偽を教えたことになる」（一部省略）と述べている。更に、そのすぐ後にメルヴィルは、鯨の名称を「13種類」の言語で次々と紹介しているのである。但し原書では、欧米語を中心に鯨の名称を羅列しているだけで、「13」という数字は隠されている。しかも、最初に紹介される言語は、まずヘブライ語の「ןת（タン）」であり、次がギリシャ語の「κητος（ケートス）」更にラテン語の「CETUS」から始まるのである（詳細は1－3の表に提示）。

　単純に古い言語から紹介しているわけではなく、作者の重要な意図が隠されている。それは、次に登場する「文献部」の冒頭に登場する『旧約聖書』の創世記などから引用した、鯨に関係する文言を読めば、作者の構想は明白である。

『白鯨』は、『聖書』なしには理解しにくい部分が多々あり、翻訳者は無論、編集者なども背景として承知しているべきなのに無頓着なのはどうしたことか。1940年代から2017年にかけて出版され、入手可能な和訳本（11種類）を全て調べた範囲では、このヘブライ語表記の鯨は皆不正確である。中には、手書きのフォントを無理にはめ込んだような本も存在する。また、ヘブライ語のアルファベットの読み方を知っていれば、ありえない発音を平気で書き込んでいる訳本もある。ただし、八木敏雄訳〈岩波書店、18刷、2018年〉だけは、修正されていた。メルヴィルの本が出てから167年も経過している。最初の和訳本が出されてから約70年は経過している。他の訳本では、現在のところ、このヘブライ語の綴りの誤りに気付いていない節がある。但し、翻訳に使用された原書に原因がある可能性も否定できない。何故なら多数出版されている原書〈英語〉の中にも、ヘブライ語のフォントを失念したような本も散見されるのである。

　ヘブライ語のアルファベットには、よく似た文字が使われており、注意しないと間違える。例えば、「ת（タヴ）」と「ח（ヘット）」と「ה

「（ヘー）」、また「וֹ（ヌンソフィート）」と「וֹ（ヴァヴ）」や「ר（レーシュ）」などは、特に紛らわしいので要注意である。

　問題は、鯨のヘブライ語表記をメルヴィル自身や編集者が確認していたのかどうかが分からないことである。初版本（1851年）の語源部を見ても判断しにくい。後に英米の出版社から出された原書を比較しても、1920年代以後の入手可能な20種以上の洋書を調べたところ、鯨のヘブライ語表記にはまだ混乱が残っている。

　Alcalay の英語・ヘブライ語辞典[2]では、鯨を「לִוְיָתָן（レヴィアタン）」とか「תַּנִּין（タンニン）」と表記しているが、『旧約聖書』に現れる本来の意味は多様で、蛇、海獣、ドラゴンまたはワニやジャッカルなどと一定していない。『聖書』を神話の一種と考えるならば、どんな怪物が出てきてもおかしくはないが、博物学的に真剣に解釈しようとすると混乱することになる。程々にしないといけないのかもしれない。鯨として解釈されるようになったのは、かなり後のようである。上記の「תַּן（タン）」という単数表記は、『旧約聖書』では極めて稀であり複数形「תַּנִּין（タンニン）」または「תַּנִּים（タンニィム）」の方がよく使われている。

『白鯨』は通常の小説とは異なり、直ちに物語が始まるわけではないので、入り口で戸惑う人もいると思う。冒頭に顔をだす**「語源部」**と次の**「文献部」**とは、この本の背景や作者の意図を解読するための重要な**「鍵」**になる部分である。

『白鯨』は一種のミステリー小説と考えた方がよいかもしれない。面倒だからと思って読み飛ばしていくと、最後は迷路に入り込むかもしれない。また『聖書』をほとんど開いたことのない人や、鯨や捕鯨船の知識もほとんどなく捕鯨の経験もない我々読者にとっては、厄介な作品であることは間違いない。翻訳者にあっては、様々な背景などを考慮しつつ果敢に邦訳に挑戦されていることには、心から敬意を表したい。読者の参考のため、和訳本11種類の比較対照表を以下にまとめてみた。好みは各人それぞれであり、どれがベストということはないが、古い翻訳の中では田中西二郎訳や阿部知二訳は、脚注なども詳しく、日本語表記自体は若干古臭いと感じられる方はあるかも知れないが参考になる箇所も多い。

『白鯨』翻訳本の比較対照表

	翻訳者	出版年 (出版社[1])	חן[2]	目次	語源	文献
1	阿部知二	1949〜1971 (③) 1960 (②)	△	○	○	○
2	田中西二郎	1950 (①) 1952〜2009 (②)	△	○	○	○
3	富田　彬	1956 (④)	△	○	○	○
4	宮西豊逸	1959 (⑤)	×	○	×	×
5	高村勝治	1974 (⑪)	×	○	○	○
6	幾野　宏	1980 (⑥)	△	×	○	○
7	坂下　昇	1973 (⑧)、1982 (⑦)	×	○	○	○
8	野崎　孝	1994 (⑨)	△	×	○	○
9	原　　光	1994 (⑩)	×	○	△	○
10	千石英世	2000 (⑧)	×	○	○	○
11	八木敏雄	2004 (③)	×	○	○	○
		2018 (③)	◎			

（注１）①三笠書房　②新潮社　③岩波書店　④角川書店　⑤平凡社　⑥集英社
　　　　⑦国書刊行会　⑧講談社　⑨中央公論社　⑩八潮出版社　⑪旺文社
（注２）語源部の中のヘブライ語表記の正誤比較

　比較的新しいところでは、幾野宏訳や八木敏雄訳は、個人的には読み
やすいと感じる。宮西豊逸訳の場合、語源部と文献部を完全にカットし
ているのは納得できない。原作者の意図を完全に無視している。語源部
を除けば、この作品のミステリーを解読することは不可能に近い。『白
鯨』の英語電子版のほとんどは、目次や語源部、更に文献部まで完全に
除去している。抜け殻を読んでも何の意味もない。
　文献部の筆頭には、『旧約聖書』の中に現れる鯨に関する文言が例示
されている。まずは、創世記の１章21節の「神は水に群がるもの、即
ち……大きな怪物を……それぞれに創造された」（新共同訳）から始

まる。ヘブライ語の原文では「タンニィム」と書かれており、これを「鯨」としているのは**欽定訳聖書**（AV/KJV）[4]しかない。

　現代のアメリカでも、半数以上の人々が読んでいるのが**欽定訳**であり、メルヴィルの時代には、もっと多くの人々がこの『聖書』に親しんでいたはずである。他の『聖書』では、ほとんど**「海の怪物」**とか**「海の生き物」**と訳出している。

　次に紹介されているのは、ヨブ記41章32節「<u>レヴィアタン己が後に光る道を遺せば淵は白髪をいただけるかと疑はる</u>」とあり、原文に忠実に、そのまま**「レヴィアタン」**と訳出している。

　ヨナ書1章17節には**「おおいなる魚」**として登場し、詩編104章26節では**「レヴィアタン」**が顔を出す。いずれにしろ、メルヴィルの頭の中では、すべて**「鯨」**を想定していることは確かである。

（1−2）　メルヴィルの"鯨"と『聖書』の"怪物"比較

『聖書』の中に出現する「怪物」は、必ずしも「鯨」とは限らない。

　しかしながら、ヘブライ語、ギリシャ語およびラテン語を含む欧米語を中心に「鯨の名称」を紹介するにあたって、作者は *Webster* や *Richardson* 辞典からの引用から話を始めている。

　スウェーデン語やデンマーク語（*hval*）では、鯨は「丸々としている、または回転する」とか、「鯨は弓型に曲がる」などの意に由来するとか、オランダ語やドイツでは、鯨は「転げまわる、転がる」などという語源の由来を紹介している。

　語源に詳しい『オックスフォード英語辞典』（**OED**）によると、古期英語として「*hwael*」や旧イングランド北部では「*hval*」という表現も使われていたようだが、5世紀頃スカンジナビアのゲルマン民族がイギリスに侵入した歴史からすると、スウェーデン語やデンマーク語と似ているのは当然かもしれない。

ただし、現在鯨として使用されている「*whale*」の語源については、メルヴィルが引用しているような説明は書かれておらず、はっきりしない。

　メルヴィルの「鯨」に相当する「海の怪物」という生き物は、確かに『聖書』に出てくるが、通常「ドラゴン」や「蛇」、「鯨」などと訳されている場合がほとんどである。

　現在のヘブライ語辞典では、「レヴィアタン」を「鯨」として表記しているが、ほとんどの『聖書』（英訳）では、ヨブ記の３章８節や41章１節、詩編の74章14節と104章26節、更にイザヤ書の27章１節に登場する「レヴィアタン」を「鯨」とは訳さずに、そのまま「レヴィアタン」を採用している。ただし、欽定訳だけは、ヨブ記の３章８節においては「嘆き」（mourning）と訳出している理由は分からない。

　通常、海の怪物、蛇あるいはドラゴンと訳出されるヘブライ語では、先にも指摘したように「**タンニン**」や「**タンニィム**」が登場し、「ジャッカル」や「山犬」などと訳される場合もあるので注意が必要である。

　『聖書』の書き手には様々な人々が関与しており、諸書の文書の内容も違ってくるので、整合性はないと判断すべきである。その場その場の文脈に応じて適宜訳出するしかないといえる。

　「**タンニン**」が「ジャッカル」や「キツネ」、「山犬」として登場する場面は、すべて「山」に関連する説話で、「海」には全く関係はないのである。

　メルヴィルは、ヨナ書の１章17節を引用しているが、当然この文書に影響されていることは確かである。まず欽定訳（KJV）の原文を引用すると［*Now, the Lord had prepared a great fish to swallow up Jonah. And Jonah was in the belly of the fish three days and three nights.*］とある。ヨナ書はたった４章しかない、『聖書』のなかでも非常に短い物語（２頁）である。

　新共同訳では２章１節に訳出されている。この大きな魚（**ダグ・ガドール**）が「どんな動物なのか」という議論は百花繚乱である。

『聖書』を神話と考えれば、異聞が数多く出現することは、それほどおかしな事象でもないが、それを自然現象ととらえると、これは変だと考える人々も当然出てくる。人間を飲み込むことのできる海の生き物としては、「鯨」か「**ホオジロサメ**」くらいしかないが、３日３晩も胃袋にいて、生きて帰ったというのは眉唾だと「**目くじら**」を立てる人もいる。「**ピノキオ**」なら納得するかもしれないが、議論して決着するテーマではない。

　欽定訳のマタイ福音書（12章40節）では、この大きな魚は「鯨」と訳出されているので、メルヴィルにとっては、疑いもなく決着済のテーマであることは確かである。

　念のため、「**タンニン**」や「**タンニィム**」が、様々な訳語で登場する英訳聖書の例を、以下に一覧表にまとめてみた。比較のための和訳は新共同訳の一部を引用してある。

	『旧約聖書』・書名と例文
1	（申命記：32–33） ◎そのぶどう酒は、蛇の毒、コブラの毒 [Their wine is the poison of **serpents**, and the cruel venom of asps.（ESV）[5]]
2	（ヨブ記：30–29） ◎山犬の兄弟となり、駝鳥の仲間となったかのように…… [I am a brother of **jackals** and a companion of ostriches.（ESV）]
3	（詩編：63–11） ◎剣にかかり、山犬の餌食となりますように [They shall fall by the sword: they shall be a portion for **foxes**.（KJV psalm：63–10）]
4	（詩編：91–13） ◎あなたは獅子と毒蛇を踏みにじり獅子の子と大蛇を踏んでいく [You will tread upon the lion and cobra; the young lion and the **serpent** you will trample down.（NAS）[6]]

5	（イザヤ書：13-22） ◎華やかだった宮殿で、ジャッカルがほえる。今や都に終わりの時がくる。 [...and **jackals** in the pleasant places, its time is close at hand. （ESV）]
6	（イザヤ書：35-7） ◎山犬がうずくまるところは、葦やパピルスの茂ところとなる [...in the habitation of **dragons**, where each lay, shall be grass with reeds of rushes. （KJV）]
7	（エレミヤ書：9-10） ◎わたしはエルサレムを瓦礫の山、山犬の住みかとし、ユダの町々を荒廃させる [I shall make jerusalem a heap of ruins, a lair for **jackals**, and the towns of Judah an uninhabitated wasteland. （NJB）[7]]
8	（哀歌：4-3） ◎山犬ですら乳を与えて子を養うというのに、我が民の娘は残酷になり荒れ野の駝鳥のようにふるまう [Even **jackals** offer the breast, they nurse their young, but the daughter of my people has become cruel, like the ostriches in the wildness. （ESV）]
9	（出エジプト記：7-10） ◎モーセとアロンはファラオのもとに行き、主の命じられたとおりに行った。アロンが自分の杖をファラオとその家来たちの前に投げると、杖は蛇になった。 [So Moses and Aaron went to Pharaoh and did just as the Lord commanded. Aaron cast down his staff before Pharaoh and his servants, and it became a **serpent**. （ESV）]
10	（エゼキエル書：29-3） ◎エジプトの王、ファラオよ。わたしはお前に立ち向かう。ナイル川の真ん中に横たわる巨大なワニよ……。 [The Lord Yaweh says this: Look, I am against you, Pharaoh king of Egypt, the great **crocodile** wallowing in his Niles.... （NJB）]

　以上の文例からも明らかなように、「**タンニン**」は多様な意味に解釈されている。但し「**ジャッカル**」と訳される場合が意外に多く、10番

目の文例に見える「**ワニ**」はかなり珍しいケースである。

　ところで「**レヴィアタン**」の意味として「**蛇**」と訳出されている場合もあることは先に指摘した。

　しかしながら、「**蛇**」という単語に関しては通常「שׁחָנָ」（ナハシュ）という単語が非常に多く使われており、ヘブライ語聖書では38カ所も顔を出すのである。

（1－3）　13言語の謎（語源部に隠された意図）

　さて気になることは、なぜ鯨の名称を**13言語**に限定して紹介しているのだろうか。以下、原書に従って諸言語の一覧表を示す。

	鯨の名称	言語の種類（13言語）
1	חן（タン）	ヘブライ語
2	κητος（χητος）[1]	ギリシャ語
3	CETUS	ラテン語
4	WHCEL	アングロ・サクソン語
5	HVAL（HVALT）[2]	デンマーク語
6	WAL	オランダ語
7	HWAL	スウェーデン語
8	HVALUR（WHALE）[1]	アイスランド語
9	WHALE	英語
10	BALEINE	フランス語
11	BALLENA	スペイン語
12	PEKEE・NUEE・NUEE	フィジー語
13	PEHEE・NUEE・NUEE	エロマンゴ語

（注1）メルヴィルの原書、（注2）メルヴィルの原書の語源部の説明文

この「13言語」という数字の意味である。不思議なことに、多くの『白鯨』翻訳者や評論家は、ヘブライ語の鯨にしても、これらの数字の意味に関しても、全く関心を示していないようだ。

　11番目にスペイン語の鯨が例示されているが、その後にイタリア語やポルトガル語などのラテン系の言語を加えることなく、何故か突如オーストロネシア語に属する言語（フィジー語とエロマンゴ語）が顔を出すことに、私は大いなる違和感を覚えるのだ。

　オーストラリアから見れば、その北東方向には、メラネシアのフィジー諸島共和国とバヌアツ共和国があり、非常に近い位置にある。

　メルヴィルが寄港した島々は、はるか遠い東方にあり、ハワイ島や南米に近いポリネシアのマルケサス諸島の「ヌクヒーヴァ島」や「タヒチ島」あたりではなかったのか。40章に顔を出す乗組員の中に、タヒチ島出身者は入っているが、上記の島からは誰も乗船していない。

　1842年にフランス領になったタヒチ島にはまだ現地語が残っていたはずである。メルヴィルは、処女作である『タイピー』の意味についてマルケサス方言で「人肉嗜食者」の意味であると紹介している上に、しばしば現地語が飛び出す場面もある。タヒチ語に限らず、『マーディ』等にしばしば顔を出す「ハワイ語」などにも、ずっと詳しいはずなのである。

「鯨」の名称をすべて欧米語に集中することに抵抗を感じたのかも知れない。何故なら『白鯨』の活躍舞台は、広大な太平洋にあり、それにふさわしい、太平洋諸国の二言語をあえて追加したことは、「13」という数字にこだわる作者の意図が読み取れるではないか。

　即ち『白鯨』のエピローグにあるように、主人公イシュマエル以外の人間をすべて「海の藻屑」として消してしまったこと、言い換えれば「13＝死」という「忌み数」を最終結末の構想の中心に置きながら、執筆を進めていたのではないだろうか。その根拠として、ぜひ指摘したいのは、『白鯨』を発表する前年に出版された『白いジャケット』（1850年）の中に、上記の推理を補強するような文章（70章）が出現する。即ち「船乗りが犯す罪状20の条文のうちに、"十三までが死刑相当罪"

である」という一文である。更に直接的な根拠（78章）として、「白い
ジャケット」の仲間から発せられる、嫌味なセリフがある。食事の仲間
のひとりが死亡したことに絡んで「白いジャケット」を強く非難する
言葉である。「元をただせば、我々の食事班にお前が入って"13人"に
なったからよ」とある。

「13人目」とは、不吉な「白いジャケット」その人だったのだ。

メルヴィル主要作品一覧

	作品名	要点
1	タイピー　　　　　（1846年）	南国（ポリネシア）冒険実話物語
2	オムー　　　　　　（1847年）	南国（ポリネシア）冒険実話物語
3	マーディ　　　　　（1849年） （最初のフィクション：不評）	幻（イラー）を求めて（魂の迷走） 「死」は生の最後の絶望（185章）
4	レッドバーン　　　（1849年）	貨客船による人生初体験描写 ジャクソン、ボルトンなどの「死」
5	白いジャケット　　（1850年）	軍艦生活体験と批判：白鮫＝死霊＝経 帷子＝ジャケット（「死」の表象）
6	白鯨　　　　　　　（1851年）	エイハブ船長と乗組員の壮絶な「死」 （イシュマエルのみ生還）
7	ピエール　　　　　（1852年）	贖罪の苦悩と破綻：ピエール・異母姉 （イザベル）・許嫁の「死」等
8	バートルビー　　　（1853年）	死書箱としての「配達不能郵便局」 書記バートルビーの緩慢な「自殺」
9	ベニト・セレーノ　（1855年）	奴隷漂流船：セレーノの「死」と黒人 首班バーボーの「死」等
10	クラレル　　　　　（1876年） （長編物語詩）	クラレル、死を突き抜けて勝利せよ！ "雪の下のクロッカスのように"
11	ビリー・バッド 　　　　　　（1891年完成）	水兵ビリー・バッドの「死」（処刑） 　　　　　　　（1924年発表）

相次いで出版された『レッドバーン』と『白いジャケット』は、真打として登場する『白鯨』の前座として書かれた予備的作品なのだ。両作品の詳細は、後の章に譲るが、『白鯨』だけを読んでいても、白鯨の謎を解明することは難しいかもしれない。

　そのような推理を補強するために、メルヴィルの主要作品を年代順に並べ、そのテーマの概要を前表に簡潔にまとめておいた。

　初期に書かれた『タイピー』や『オムー』の海洋冒険小説以降、彼の著作のテーマは変転するように見えるが、その本質は首尾一貫して揺るがない。メルヴィルの魂の深層から滲み出るテーマ、それは「**死**」であり「**虚無**」にも繋がる強烈な魂の叫びなのである。

　メルヴィルが愛読していたのは、『旧約聖書』の中でも特に「**ヨブ記**」や「**伝道の書**（コヘレトの言葉）」であったことは、よく指摘されているが、晩年に近づくと、インドの古代仏教思想や「ショーペンハウアー的」厭世観にも深く共感していたようである。

　長編物語詩『クラレル』のエピローグに吐き出される「**死を突き抜けて勝利せよ**」という叫びは、沈黙する神への挑戦でもある。

　彼の作品全体に見え隠れする主人公は、常に放浪する孤児としての「**イシュマエル**」である。父アランの死後、13歳で世間の荒波に放逐され、途方に暮れたメルヴィルとは、「野に放たれた**イシュマエル**」以外にはない。彼の放たれた場所、それは、居心地の悪い「**野**」というより波止場のない「**海**」であった。

　『マーディ』を出版するに当たり、メルヴィルは、その前書き（序）として「わが弟アラン・メルヴィルにこの書を捧げる」という献辞[8]を書いている。概略以下のような内容の文章である。

　"先に太平洋における２つの冒険物語として「タイピー」と「オムー」を公にしたところ、多方面から、その信憑性を疑われた。それならば、真のロマンスによるポリネシアの冒険談を書いてみようと思い立ち、ここに発表する。フィクションもまた真なりと受け取られるかどうかは別としても、以上のような発想で『マーディ』を世に送り出すことにした"のだと。（参考：坂下訳）

『マーディ』は、彼の最初のフィクションであるが、生活のためとは言え一般受けのする内容の本を書かねばならないという、追い込まれた状況は不本意であった。前半は、確かに海洋冒険小説風の書き出しではあったが、やがて彼の本能は目覚め、魂の叫びは絶望的な幻影を求めてさまよい歩くことになる。

　結果として、この作品は完全な失敗作であると評価されたが、それにも拘わらず、以後の彼の作品はメルヴィルの「**魂の似姿（鏡）**」があちらこちらに形を変えて出没することになる。この『マーディ』という作品は、その出発点とも言える作品である。メルヴィルにとっての真理は「**死**」にも値するテーマなのである。特に注目すべき点は『マーディ』の185章には、彼の作品のすべての真髄が凝縮されていることだ。

（1−4）　文献部にみるメルヴィルの構想

　メルヴィルは『白鯨』を書くにあたって、語源部の次には多数の文献を紹介してくれている。その抄録数は77件にものぼり、通常の小説では、科学論文とは異なり、作者が参考文献を明確に提示することなど、めったにお目にかかれることではない。読者にとって、ある意味ありがたい気もするが手放しで喜べない部分は残る。何故なら、肝心な箇所では他者の作品などを、特に引用することもなく、翻案というよりも剽窃ではないかと疑われる場合も存在するからである。

　一方、イギリスで『白鯨』を出版しようとした際には、編集者が「文献部」などを勝手に無視し、この小説にとって最も肝心な「エピローグ」さえもカットしてしまったと言われる。作者の意図を完全に無視し理解しようともしない暴挙であり、メルヴィルと出版社との軋轢は、それ以後あちこちで起きている。生活がかかるメルヴィルの、出版社への不信感は根が深い。

　メルヴィルは、多数の文献の中から取捨選択し利用しながら、文章の背景や構図を組み立てていることは確かである。その中で『1671年の

シュピッツベルゲンおよびグリーンランド航海記』[8] の復刻版が入手できたので、その原文内容と比較しながら、どのようにうまく活用し脚色しているのか、具体的に追跡していきたい。

　エルベ河口からシュピッツベルゲンへの航海について、以下のような記述が『航海記』の1章に書かれている。

「我々は、1671年4月15日の正午頃エルベ河口を出港した。風は北東であったが、夜になると Hilge-land（英国の地図では Heligoland）あたりでは風は北北東に変わった。船の名は **"鯨の中のヨナ"** 号であった」とある。この記述の一部を、メルヴィルは利用している。メルヴィルの借用はさらに続くが、その内容は原書の順番とは異なる。「余は<u>シェットランド</u>近海で捕った<u>鯨</u>の話を聞いた。<u>一バレル以上</u>もの鰊がその腹中にいたそうな……」（田中訳）とある。一バレル（米）といえば、120リットルくらいなのでかなり小さな鯨である。

　原書（7章）を見ると「I was informed by others, that about <u>Hitland</u> a <u>small whale</u> was caught, that had <u>about a barrel of herrings</u> in his belly」となっている。上記の下線部分をメルヴィルは若干書き換えている。この<u>シェットランド</u>（Shetland）という島は、1707年以降、グレートブリテン王国の一部となってからの名称である。最も古い名称は12世紀の「Hetlandensis」に遡り、15世紀には「Hetland」に変わっている[9]。この原書は、ドイツ語から英語に翻訳されたものなので、どこかで行き違いがあったようだ。

　三番目の話として、メルヴィルが強調するのは「水夫らは暇さえあれば<u>鯨</u>は見えぬかとマストにのぼって見ている、最初に発見した者は駄賃として**ダカット**一枚もらえるからである。……」の部分である。

　原文では、「Whoever of the ships crew sees a <u>dead whale</u>, cries out "*Fish mine*," and therefore the marchants must pay him a **ducat** for his care and vigilance」（9章）とある。

　メルヴィルは脚色している。死んだ鯨でも油が採れることに変わりはないのだ。『白鯨』の36章では、船長エイハブが全員を船尾に集めてアジる場面が出てくる。「前にわしが白鯨について命令したのを聞いたこ

とがあろう。いいか、このスペイン金貨が見えるか？」、「その白鯨を見つけた者にこの金貨をやるぞ、みんな！」（田中訳）と。

　ダカット（ducat）金貨は、その昔欧州で使用された金貨であるが、イタリアやオランダでなくスペインを選んだのは、作者の気まぐれかと思いきや、99章でもまた「スペイン金貨」が顔をだすのである。

　さて、もう一つ気になる四番目の引用文として「銛打ち一人が余に話して聞かせたところでは、かつてシュピッツベルゲンで、全身真っ白な鯨を捕ったことがあるとのことだ」とあるが、原書には少し前の7章（鯨について）に、次のような文章が書かれている。

[I understood one of our harpooniers that he once caught a *whale* at *Spitzbergen* that was white all over]

　真っ白な鯨なら、それは「アルビノ」と考えられるが、どんな種類の鯨であるかについては、何も書いていない。和訳では「白鯨」というタイトルに統一されてはいるが、メルヴィルの発表した原書では、4種類のタイトルで出版されており、その中に"***Moby-Dick***"という名の本もある。『白鯨』に現れる抹香鯨は、本文を読めば明らかだが「アルビノ」ではない。部分的な白鯨ではあるが、作者はこの「白」に非常にこだわっている。それには深い意味が隠されていると考えられるので、その件は本書第四章で詳述したい。

　メルヴィルは多くの文献を活用し、所々に知識の扉を用意している。本人自身「つぎはぎ」を認めているように、その配置に整合性はなく多数の寄り道が用意されている。なかなか本題にたどり着けないもどかしさはあるが、『白鯨』という山はアルプスの山々のように、高く複雑な尾根を次々と踏破しないといけない険しい道のりである。

▍ 第一章　参考図書

1）ウイリアム・スミス（小森厚・藤本時男編訳）『聖書動物大事典』（国書刊行会、2002）

2）Reuben Alcalay, *The Complete English-Hebrew Dictionary* (Chemd Books,

2000)

3) Herman Melville,

 (a) *Moby-Dick or The Whale* (Macdonald: London, 1952)

 (b) *Redburn; White-Jacket; Moby-Dick* (Literary Classics of the United States, Inc. 1983)

4) KJV: King James Version

5) ESV: English Standard Version

6) NAS: New American Standard (Bible)

7) NJB: New Jerusalem Bible

8) ハーマン・メルヴィル（坂下昇訳）『マーディ（上）』（メルヴィル全集第 3 巻：国書刊行会、1983)

9) Adam White, "*A Collection of Documents on Spitzbergen and Greenland*" (Combridge University Press, 2010)

第二章

"イシュマエルと呼んでくれ"

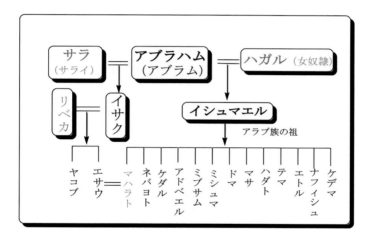

「追放されて荒野にさまよう**ハガル**の苦悩を聞き入れた神が命名した男の子、それが"**イシュマエル**"（神が聞く）」である。「あなたの息子は、野生のロバのような人になり、すべての人と対立するようになるだろう……」とも書かれているように、正妻の子ではない**イシュマエル**に過酷な運命が待ちかまえる。

（創世記16章12節）

（2－1）　イシュマエルという人物

『白鯨』第一章のタイトルは「*loomings*」と書かれている。これは「**メルヴィルの世界**」に読者を誘導する重要なタイトルである。

「影見ゆ」（阿部訳）、「海妖」（田中訳）、「まぼろし」（高村訳）、「まぼろしの出現」（幾野訳）、「幻影」（宮西訳）、「浮かび出る姿」（富田訳）など様々な訳があてられている。実にこの章は、『白鯨』という小説の行く末を暗示する意味で、軽く読み飛ばすわけにはいかない前奏曲であると思う。メルヴィル自身の憂鬱な気分を、主人公の「イシュマエル」に託して「不吉な予感」を暗示する。

「十一月の湿っぽい小糠雨の降り続くとき、われにもなく棺置場の前で足を止めたり、途中出逢った葬列のあとからついて行ったりする自分に気が付くとき……（中略）……気鬱症がすっかり手におえなくなり……通行人の頭から帽子を叩き落としてやりたくなるのを抑えきれないとき、今こそ一刻も早く海へ出なければならないと決心する。つまりこれがわたしにはピストルと弾丸の代用品なのだ」（田中訳）。さらに、ローマの政治家・哲学者でカエサルに敗れた「**カトーの自殺**」の話をいきなり引用しながら船に乗る。

　絶えず、遠く離れた世界に対する渇望に苦しめられている主人公「イシュマエル」を登場させるのである。

　冒頭は"*Call me Ishmael*"から始まる。素直に和訳するとすれば、「私をイシュマエルと呼んでくれ」という表現は自然に見える。実際、ほとんどの邦訳がこれに従っている。しかし、中には、「私の名は、イシュマエルとしておこう」（阿部、幾野訳など）という訳例も見受けられる。

「call」には、「……と仮定する」という意味もあるので、「私を（仮に）イシュマエルとしておこう」という訳も成立するかもしれない。確かに

イシュマエル

『白鯨』を読み進めていくと、時に作者本人のメルヴィルが顔を出しイシュマエルやエイハブ船長ともダブってくる。

　『白鯨』が出版される二年前、メルヴィルは『**レッドバーン**』という自身の最初の航海体験を小説にしている。その船上では、多くの船乗りが自分に敵対的であり、友も連れ添いもない自分は、このままでは完全に"イシュマエル"になってしまうという独白が出てくる。

　その延長線で考えるなら、メルヴィルが想定している人物はやはりイシュマエル以外にはありえない。『**レッドバーン**』のイシュマエルも『**白鯨**』のイシュマエルも、「風来坊」とか「放浪者」、「宿無し」、「孤児」というイメージが重なり、時々変容する部分はあるが、最終的には元の「イシュマエル」に必ず戻ってくる。

　このモデルとなる「イシュマエル」とは、『旧約聖書』「創世記16章」に登場する宿命的な人物、その生い立ちを以下に紹介する。

　なかなか子宝に恵まれなかったアブラハムの正妻サラはエジプト人の召使「**ハガル**」をアブラハムに与え、その結果、生まれたのがイシュマエルである。しかし、サラ自身の息子「イサク」が生まれると立場が逆転する。サラは、ハガルとイシュマエルを追い出してしまう。

「追放されて荒野にさまようハガルの苦悩を聞き入れ、神が命名した男の子、それが**イシュマエル**（神が聞く）」なのである。

　創世記16章12節には、「あなたの息子は、野生のロバのような人になり、すべての人と対立するようになるだろう……」とも書かれているように、正妻の子ではないイシュマエルには、過酷な運命が待ちかまえている。『白鯨』の一章、最初の２行目〜10行目に、彼の気質が明確に表現されていると思う。

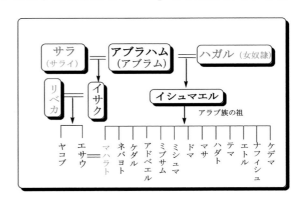

　余談ながら『旧約聖

書』に現れる「イシュマエル」という人物は６人もいる。とりわけ「ネタンヤ」の子「イシュマエル」（エレミヤ書：40-14）は無視できない存在かもしれない。ユダ王国の最後の王である「ゼデキア」以下ユダヤの支配階級が、バビロニアの王「ネブガドネザル」により、歴史的には「バビロン捕囚」とされる事件に巻き込まれている。その際、バビロニアの傀儡政権ともいうべき王「ゲダルヤ」を暗殺したのが、「ネタンヤ」の子「イシュマエル」であった。『白鯨』に登場する「イシュマエル」のイメージは、それほど激しい人物ではないので、やはり該当する人物はアブラハムとハガルの子「イシュマエル」以外にはありえないと言える。

　ただし、このイシュマエルという人物に、激しい性格のエイハブ船長を重ねるという視点もありうる。同時に、作者自身の厳しい影がそれとなく重なる場面が登場するのは、作者の無意識からくる必然かもしれない。

　ところで、イシュマエルという人物はアラブ民族の祖と讃えられていることは、『**クルアーン**』（2-125、127）や（19-54）などにもはっきりと書かれている。イシュマエルはアブラハムと共に、メッカのカアバ神殿を建てた人物として、また預言者としても崇敬されている人物なのである。

（2－2）　海への憧れ：捕鯨発祥の地へ

『白鯨』の２章の出だしは、イシュマエルがマンハッタンを出発しボストンの南にあるニューベッドフォードへ向かうところから始まる。

　12月のある土曜日の晩、目的地「ナンタケット」行きの便船がすでに出発してしまい落胆した彼は、こう述懐している。「捕鯨船の辛苦艱難を志願する若い者は、大抵この同じニューベッドフォードに足をとめ、ここから乗船して出かけるつもりでいる者が多いので、ここで言っておくのも無駄ではないと思うが、志願者の一人なるわたしは、そうす

るつもりはなかった。というのは、わたしはナンタケットからの船でなければ行かぬと決心していたから……」（田中訳）とある。

ナンタケット島

ナンタケット島という名称は、この地方のインディアン（ワンパノアグ族）が「遠隔の地」と命名したことに由来するという。鯨の回遊経路にあたるこの島では、古くからワンパノアグ族による漂着鯨の捕鯨が伝統的に盛んな場所であったのだ。

メルヴィルがこの地にこだわる理由は大いにある：「インディアンが、初めて丸木舟に乗ってあの巨大な水棲動物を追って船出したのは、そもそもナンタケット以外のどこにあったか？」と書き記しているくらいである。どうしてもナンタケットから出る捕鯨船に乗り込みたいのである。

だが、ニューベッドフォードに一晩滞在しなければならなくなったので、財布の中身が問題になる。銀貨2、3枚しかない。「どうするイシュマエル」と自問する。師走の寒さが身に染みる週末の街角を歩いていくと、まず目にとまったのが「銛十字亭」だった。だが、値段が高すぎる。更にぶらついていると「剣魚亭（カジキ）」という明るく賑やかな旅館の前にたどり着くが、これも高すぎ・賑やかすぎると思いパスした。そして本能的に海辺へ向かう道を歩いていく。愉快ではなくとも安い宿屋があるだろうと思い、寂しく暗い道をしばらく歩いていくと、背は低いが横長の黒い建物にたどり着く。中から大きな声が聞こえてくる。黒人の教会だった。牧師の説教の題目は「闇の暗さについてと、そこで嘆き悲しみ・歯ぎしりすること」であったとメルヴィルは書いているが、メルヴィルの原書には、特に注釈はない。田中らの訳注では、マタイによる福音書（8-12）にある文章：「だが、御国の子らは、外の暗闇に追い出される。そこで泣きわめいて歯ぎしりするだろう」（A）を引用しているが、その直前（11節）の文書では、「言っておくが、いつか東や西から大勢の人が来て、天の国でアブラハム、イサク、ヤコブと共に宴会の

席に着く」（B）と書かれており、前後の文章の脈絡がはっきりしない。（B）だから（A）だという理由がはっきりしない書き方である。一方、原書と同様、全く注釈をつけていない翻訳もかなりある。

　一方、ルカによる福音書（13-28）には、より筋の通った文章が現れる。新共同訳から引用すると「あなたがたは、アブラハム、イサク、ヤコブやすべての預言者たちが神の国に入っているのに、自分は外に投げ出されることになり、そこで泣きわめき歯ぎしりする」と書かれているので、非常にすっきりしており納得できる。

　マタイ伝の文章は舌足らずで、前後関係があいまいなのである。

　暗闇の中で宿を求め、ふらふら歩き回っているうちに、神の国ならぬ異教徒の教会から追い出された自分を重ねているようだ。

　更に歩きだすと、波止場からほど遠くない辺りに見える、うす暗い灯に誘われて近づくと、何やら鯨の潮吹きの絵が描いてある「潮吹き亭」（ピーター・コフィン）という宿にたどり着くのである。

「コフィン（**coffin**：棺桶）だと？」「潮吹きだと？」という言葉を発したイシュマエルの頭の中には、先にも述べた不吉な予感が走るのである。言い換えれば、**“棺桶＝鯨”**という意味ありげな構図が浮かび上がってくる。

「coffin」という単語の語源は、ラテン語の「*cophinus*」（棺）を経て、古フランス語の「coffin」から中世英語に入ったとされ、初め「かご、箱」の意味であったものが、やがて「死体を入れるための箱」に限定されたようだ。非常によく似た単語の「**coffer**」（金庫）も同様で、上記ラテン語からギリシャ語の「*kophinos*」を経由して、古フランス語の「coffre」から、やがて中世英語に組み込まれたとされる。[1]

　いずれにしろ、メルヴィルは、この小説のヒントとなるものを所々、何気なくちりばめ、読者に開示しているようだ。

　メルヴィルの言うように、この「コフィン」という名は、ナンタケットでは普通にある姓だという。日本では「棺」という姓は聞いたことがないが、「堂棺」という姓なら大阪から岡山にかけて少ないながらも存在する。

18世紀の前半、ナンタケットから出漁した捕鯨船三隻が行方不明となり、帰還しない事件があった。[2] その時の船長の名簿の中に「**Elisha Coffin**」という実在の人物が記録されているのである。おそらく、メルヴィルもこの記録を承知していたはずなので、頭をよぎったことは間違いないと思う。

　「**Elisha**」という名前は、『旧約聖書』の列王記にあらわれるが、預言者「**Elia**」の後継者である。「**Elia**」は『白鯨』の中では「**イライジャ**」という名称で登場（19章）する場面があり、イシュマエルに不吉な予言を投げかける人物である。

　身を切るような寒風の吹きすさむ街角の古い安宿「潮吹き亭」に泊まることを決めたイシュマエル。この荒れ狂う暴風、『新約聖書』使徒言行録（27-13～44）に記述されている北東風（Euroclydon）になぞらえて、ローマへの護送船の旅の途中で遭難したパウロに思いをはせる。使徒パウロら囚人276人を乗せた船は、クレタ島沖で島から吹き寄せる北東の暴風に度々襲われ、ついにマルタ島の近くで難破する。親切な住民に助けられるが、マルタ島での冬の寒さをしのぐため、たき火をした話など（28-1～3）にも出てくる。安宿の窓や立てつけの悪い造作から忍びこむ、身に染みる隙間風を予想したのか、貧しく哀れなラザロ（ルカによる福音書：16-19～31）の話を引き合いに出している。ラザロとは、イエスが死者の中から甦らせた男（ヨハネによる福音書：11-38）である。イシュマエルの冗舌は長く続くが、メルヴィルの独り言ともいえる長い前置きを経て、やっと「潮吹き亭」の扉をたたく場面が登場するのである。

（2-3）　相棒・クイークエグ

　「潮吹き亭」の玄関を入ると、古ぼけた老朽船の中にいるような気分になる。煤けた壁の片方には、なにやら得体のしれない油絵がかかっていた。不気味な黒い塊が空を舞っているような、何か漠然としている奇怪

な絵だ。いったい何を描いたものだろうかとイシュマエルは自問する。絵の中央にある不吉なものは一体なんなのだ？　そう、**巨大な魚（ダグ・ガドール）**に似てはいないか？　そうだ、まさに巨大な**“レヴィアタン”**そのものだ。

　多くの年輩の人々の意見を聞き、総合的に判断した結果、彼の最終結論はこうだ。「この絵は、大暴風のさなかにあるホーン岬（南アメリカの最南端にあり航海の難所）を描いている。なかば沈没しかかった捕鯨船は、三本マストだけを水面に残して波間をのたうちまわっている。そこに猛り狂った鯨が、まさにその船を飛び越えようとし、自らを三本マストに突き刺すかのような異常な行動の真最中なのだ」と。

　メルヴィルは「モビー・ディック」の原型である、“レヴィアタン”を登場させ、大きな魚すなわち「鯨」を想起していることは確かだ。

　“レヴィアタン”なるものが登場する事例は、『旧約聖書』に５例ある。これらが一体何を意味するかは、状況によって変わるので、かなり微妙である。鯨とは限らないからややこしいのだ。

　最初にヨブ記（3-8）を開いてみる。「日に呪いをかける者、**レヴィアタンを呼び起こす力のある者が、その日を呪うがよい**」（新共同訳）と書かれている。多くの英訳聖書には、元になるヘブライ語聖書の**レヴィアタン**をそのまま借用している。欽定訳聖書（KJV）だけは、何故か「mourning（**嘆き**）」と訳出している。同じヨブ記（41-1）では、「**お前はレヴィアタンを鉤にかけて引き上げ、その舌を縄でとらえて屈服させることができるか**」（新共同訳のヨブ記では40-25に相当）とある。前後関係からこの**レヴィアタン**は「ワニ」と解釈されている。

　また、詩編（74-14）では「**レヴィアタンの頭を打ち砕き、それを砂漠の民の食料とされたのもあなたです**」とあるが、どうやらこれも「ワニ」に該当するようだ。更に、同じ詩編（104-26）でも、「**船がそこを行き交い、お造りになったレヴィアタンもそこに戯れる**」と書かれており、直前の25節には海の中を動き回る大小の生き物について語られているので、どうやら「鯨」が本命のようだ。その一方、イザヤ書（27-1）になると、明らかに「蛇」に変わる。「**その日、主は厳しく大きく強**

い剣をもって逃げる**蛇レヴィアタン**、曲がりくねる**蛇レヴィアタンを罰**
し、また海にいる竜を殺される」（新共同訳）とあるからである。

　さて、イシュマエルの泊まる安宿内部の観察を続けよう。油絵の掛
かっていた壁とは反対側の壁には、異常な形をした棍棒や槍が飾られて
あり、その中には象牙の歯をはめ込んだものもある。人間の頭髪を結び
つけた奇怪なものもあるので、眺めていると思わず身震いが起こるほど
だとある。

　低くて暗いアーチ型天井の下の廊下を通り過ぎ、その昔は大きな煙突
のついた丸い暖炉があったあたりを歩いていくと、やっと広場にでる。
しかし、あたりは依然としてうす暗く老朽船の操舵室に入ったような気
分になる。部屋のもう少し奥の方には、巣穴のようなうす暗い場所があ
り、それは酒場だ。

　イシュマエルは、亭主を探し、一泊したい旨を告げるが、満員で空い
ている部屋はないという。但し、相部屋はないが相ベッドならあると言
われる。一つのベッドに二人で寝るということだ。

　このベッドは、その昔ピーターの細君「サル」ばかりでなく、息子の
「サム」や「ジョニー」たちと寝たくらいだから、充分広いのだと言っ
てイシュマエルを慰める一方、相手は「銛打ち」だが、鯨を取りに行く
のなら、早めに慣れておくほうがよかろうというのが主人の言い分だ。
その「銛打ち」がどんな人物なのか皆目見当もつかないのだが、これ以
上うろつくわけにもいかず、やむなく彼は承諾するのである。

　しかし、ほかの泊り客は次々に寝に戻っていくのに、12時過ぎても
「銛打ち」は戻らない。亭主は「なんでこんなに遅いのか、わしにもよ
うわからん。きっと<u>首が売れなかったのだろうよ</u>」とイシュマエルの不
安をあおる。仕方なくベッドに転がり込んで、運を天にまかすことにし
たものの、ベッドの硬さに加えて、不安と恐怖でしばらくは頭がさえて
全く眠れずにいた。やがてうとうととまどろみかけた時、廊下から重い
足音が聞こえてくる、扉の隙間から光が漏れている。相手が話しかける
までは、じっとしているつもりで目を凝らしていると、突然相手がこち
らを振り向いたのだ。黒く紫がかった黄色い顔、帽子を脱げば毛が一本

もない「どくろ」のような頭。両頬には、なにやら黒く、四角い斑点の
ような染みのような、入れ墨のようなものが張り付いている。これが、
亭主の言う「銛打ち」なのか。

　真夜中に悪魔が忍び込んできたかのような恐怖でイシュマエルは身震
いした。いやとんでもないベッド仲間だ。パイプ替わりのトマホークに
も似たものを口にくわえ、煙を吐き出しながら、ベッドにもぐり込ん
できたのだ。ついに我慢できなくなったイシュマエルは、「親方、ピー
ター・コフィン助けてくれ」と言い出す始末。

　結局、イシュマエルは、この怪人たる**「クイークエグ」**の意外にも親
切で思いやりのある態度に納得し、主人にも慰められ、安心して眠るこ
とになった。酔っぱらったキリスト教徒よりも、正気の食人種と寝た方
が、はるかにましだと感じたのだ。この宿の他の連中とは、ほとんど口
も利かない彼が、ベッドでの添い寝や煙草の回し飲みなどをしているう
ちに、異教徒という垣根を完全に越えたのだ。まるで老いた夫婦が寝た
まま昔話にふけるように、二人は**「心の友」**となった。単なる親友では
ない。必要とあれば、いつでも命を投げ出す用意ができている相棒なの
だ。

　大西洋、インド洋、太平洋などの広大な海をまたにかけて２〜３年の
長期間活躍する捕鯨船では、時に人手不足を解消するために、地元のイ
ンディアンや黒人ばかりでなく、インド人、マレー人、中国人のほか、
行く先々で乗組員を雇う。フィジーやトンガなどの島々や、遠くポリネ
シア諸島も例外ではない。このクイークエグも、ポリネシアの**「ココ
ヴォコ（kokovoko）」**島生まれの、大酋長の息子（王子）という設定で
ある。ただし、地図にはない島である。

　かようにニューベッドフォードは国際色豊かな都
市なのである。翌朝イシュマエルは、朝の散策後、
日曜礼拝のため、ニューベッドフォードの「捕鯨者
教会」を訪ねることにした。

　驚いたことに、いつの間にかクイークエグも近く
に座っていたが、牧師はまだ来ていなかった。

クイークエグ

説教壇の両側の壁には、鯨取りで亡くなった人々の、黒く縁取りをされた銘板が多数掲げられていた。その中の一つに、日本の沿岸まで鯨を捕りに来た捕鯨船の船長が、1833年8月3日に抹香鯨によって殺されたという銘板が下げられている。し

かも、その船長の名前が、『旧約聖書』の預言者の名前「エゼキエル」に因んでいるのが興味深い。

　もちろんフィクションの一コマではあるが、これ以後もメルヴィルは、盛んに日本関係の事項を、それとなく引き合いに出すので、後ほどまとめて紹介していきたい。
「そうだ、イシュマエルよ、お前も同じ運命かもしれないぞ」という声が聞こえてくるようだ。「生」とは何だ？　「死」とは？　「我々が実体と考えているものは、その影かもしれないのだ」。言い換えれば「私の肉体は、より良き実体の避難所かもしれないのだ」と。

（2−4）　マップル牧師と「ヨナの物語」

　しばらくすると、威厳もあり、がっしりした体格の人物が入ってきた。この老人は、昔は鯨取りの銛打ちであったのだが、その後の人生を長らく聖職に捧げてきた方である。老境にさしかかっているとはいえ、深く刻まれた皺には、2月の雪の下で頭をもたげる春の息吹が感じられたとあるくらいに、若々しい精神にあふれている。

マップル牧師

　船の舳先（へさき）のような説教壇は、非常に高いところにあり、階段の代わりに縄梯子を垂直に上っ

ていくのだ。これから世界の海に船出し、神の嵐の衝撃をまともに受けながら、荒波を切り進む、まさにその船首のような説教壇なのだ。

マップル牧師は敬虔な祈りを捧げてから、おもむろに「鯨に飲み込まれた**ヨナ**」の心情を語る讃美歌を厳かに朗誦し始める。多くの人々が唱和に加わったあと、牧師はゆるりと「ヨナ書」に目を落とし、人々に第一章の最後の節（新共同訳：2-1）を指摘する。

ヨナ書は、『聖書』の中でも非常に短い、わずか四章しかない預言書のひとつである。「ヨブ記」や「バベルの塔」の物語と同様に、代々語り継がれた民間伝承（folklore）が、『聖書』に組み込まれたものと考えられている。

鯨に飲み込まれたヨナ

メルヴィルは、「ヨナの物語」を『聖書』から引用しつつ、かなり詳細に記述しているが、もう少し簡略化した荒筋を以下に紹介する。

アミタイの子であり、預言者でもあるヨナに、主は命じる：「大いなる都ニネベに行って呼びかけよ。彼らの悪は私に届いている」と。

しかしヨナは主から逃れようとして、タルシシュ行きの船に乗り込んだ（ヨナ書：1-1〜3）。やがて、海は大荒れとなり、船乗りたちは恐怖に陥る。船底に寝ていたヨナを叩き起こした船長は「主を呼べ、主は気付いてくれるかもしれない」と。船員たちは、この災難の原因を突き止めようと、くじを引くことにする。

くじはヨナに当たる。ヨナは白状する。「わたしはヘブライ人だ。主を畏れるものだ」、「わたしを海に放り込むがよい。そうすれば、海は静かになる」と。彼らがヨナを海に投げ入れると海はやがて鎮まった（ヨナ書：1-4〜16）。

やや似た話が『古事記』の「景行記」にも出てくる。倭建命（やまとたけるのみこと）の東征物語にある。相模から房総の上総に向かうため走水海峡を渡ろうとしたところ、海が非常に荒れて先に進むことができない。その時、弟橘比売命（おとたちばなひめのみこと）が入水して荒波を鎮めたという神話である。『聖書』に従えばヨ

ナは神への生贄であり、『古事記』の場合は、神への貢物と理解されるが、基本的には同じ発想と考えられる。

　しかしヨナは死ななかった。神は大きな魚に命じて、ヨナを飲み込ませる。ヨナは三日三晩、魚の腹の中で神に祈りを捧げ、助けを求める。神に命じられた魚はヨナを陸地に吐き出す（ヨナ書：２章）。

　神は再びヨナにニネベに行くように命じる。そして、ヨナは歩きながら叫ぶ：「あと四十日もすれば、ニネベの都は滅びる」と。人々は神を信じて断食をする。皆、悪を離れて不法を捨てることにしたため、神は災いを下すのをやめた（ヨナ書：３章）。

　しかし、ヨナには不満が残る。はじめ、神の命令から逃げようとしたのは、ニネベの人々の反感や敵意を畏れたことにある。何故、主はニネベの人々に直接働きかけなかったのか。何故、ヨナの命をもてあそんだ末、再びニネベに遣わしたのかという疑問が浮かぶのである。
『聖書』は、様々な人々の寄せ書きともいえるので、あちこちに不具合が生じる。創世記に書かれている「ノアと洪水物語」では、地上に悪がはびこり不道徳が蔓延したことを主は悔やむ：「わたしは人を創造したが、これを地上から拭い去ろう。人だけでなく、家畜も這うものも空の鳥も。わたしは、これらを造ったことを後悔する」。

　ところが、ヨナ書（４章–11）では、ヨナの怒りに対して、主はヨナにさらなる苦しみを与えた上、次のような矛盾した言葉を吐く：「それならば、どうしてわたしが、この大いなる都ニネベを惜しまずにいられるだろうか。そこには、12万以上の右も左もわきまえぬ人間と、無数の家畜がいるのだから」と、人も家畜も皆殺しせずに思いとどまるのだ。全く、気まぐれな神ではある。しかしながら、アッシリアの首都ニネベは、やがて滅ぼされる。

　一方、ナホム書（1–8～9）には、こう書かれている：「主はみなぎる洪水で逆らう者を滅ぼし、仇を闇に追いやられる。お前たちは主に対して何をたくらむのか。主は滅ぼし尽くし、敵を二度と立ち上がれなくされる」と。とにかく、その時その時の気分次第ということなのだ。矛盾だらけだからこそ、『聖書』はこよなく面白いのだともいえるが。

　一方、詩編（8-6）には、こうも書かれている：「主は僅かに劣るものとして、人を造り……」と。これは、思わず口走る『聖書』の独白、即ち「人に似せて神を造った」ことの本音ではないのか。

　ユングも言っているではないか。「神は人間のメタファー（隠喩）」なのだと。

"後悔する神に幸あれ"

　9章の末尾の方で、マップル牧師はパウロの言を借りて、こうも述べている：「他人に説教しながら、主に見捨てられる者に災いあれ」と。マップル牧師は更に続ける：「この世の高慢なる神々や提督に対して、不動の自我を押し通す者にこそ喜びがある……高く天に昇りゆくとともに、深く心に沁み込んでゆく喜びがある。卑しき不実なこの世界の船が、おのれの足もとから沈み去ったあとも、おのれの強い腕で、おのが身を支える者にこそ喜びがある」（幾野訳）と。これはまさに、やがて登場する「エイハブ船長」の姿を予見するかのような発言に聞こえる。

　ところで、読者の中にも疑問をお持ちの方もおられると思うので、若干コメントを差し挟みたい。8章及び9章に出現する「マップル牧師」のことである。本書第一章で紹介した11種類の和訳本を、それぞれ比較したところ、2種類（田中訳と八木訳）を除いて、9種類すべての本は「マップル神父」と訳しているのである。原書を開くと、確かに「**Father Mapple**」とあるので、普通に訳せば「神父」となるが、はたして、これでいいのだろうか。通常カトリック系の聖職者を「**神父**」と呼ぶようだが、プロテスタント系では「**牧師**」という名称が使われている。8章「説教壇」の前半3行目を読んでみる。「その立派な老人が礼拝堂つきの牧師（**chaplain**）であることは、まちがいなくわかった。これこそ名高いマップル神父（**Father Mapple**）……」（幾野訳）とあるが、牧師と神父が同居している訳はおかしい。もちろん田中訳は、しっかり「**chaplain**」を牧師と訳出している一方、後半部の「マップル神父」の所は「マップル牧師」に変えているのは当然ながら正しい。

「マップル牧師」と統一的に訳出する方が、適切ではないか。

　なぜなら「**ナンタケット島**」に最初に入植したのは、イギリス人の「**清教徒**」であり、その後ナンタケットの捕鯨を一躍発展させていったのは「**クエーカー教徒**」たちである。かれらは、まさにプロテスタントではないのか。メルヴィルがしばしば訪れた「白鯨の教会」のモデル（**Seamen's Bethel**）は、基本的には「クエーカー教徒」の教会であったはずだからである。

（2−5）　ナンタケットへの旅

　心の友となったクイークエグに、さしずめ、自分の身の振りかたをどうするのかとイシュマエルはたずねる（『白鯨』：12章）。

　すると、「身に覚えた天職だから、また海に行くつもりだ」とクイークエグが答える。そこで、イシュマエルは「わたしは、鯨取りを計画しているので、ナンタケットへ旅立つつもりだ。あそこは、冒険好きな連中が船出するにはもってこいの港だから」と話す。

　クイークエグも、すかさず「よし、その島へ一緒に行こう。同じ船に乗り、同じ当番、同じボートに乗り、食卓を共にしよう」と。つまり、運命を共にしようと言い出した。捕鯨の知識に乏しい自分にとっては、百戦練磨の銛打ちが一緒なら、鬼に金棒だとイシュマエルは思った。

　翌月曜日の朝、身の回りを整理した二人は、ナンタケット行きの、小さな定期船「モス号」に乗船した。途中、クイークエグの武勇談などもあったが、気持の良い航海のあと、無事ナンタケット島に着いた。その昔、氷河が作り出した自然の造形のようなこの島は、三日月型の砂州のようであり、砂や砂利の多い土壌のため、保水力が弱く有機質にも恵まれないので、植物は育ちにくい島であった。

　17世紀初頭までは、土着のワンパノアグ族インディアンによる「漂着鯨の捕鯨」が盛んだった島でもある。17世紀の終わり頃から、清教徒やクエーカー教徒の入植が続き、やがて彼らを中心に沿岸捕鯨業が盛

んになっていったのである。但し、留意すべきことは、白人が入植してくる前のナンタケット島には、1500〜3000人のインディアンが住んでいたと推定されているが、沿岸捕鯨が特に盛んになった18世紀初頭には、800人ほどに激減しているのである。白人がもたらした疫病（天然痘など）に対して、彼らは免疫力がなかったことが要因の一つとされている。

　16世紀の中頃、フランシスコ・ザビエルなどの宣教師が来日した当時の日本人は、そのような疫病に対する抵抗力を持っていたことは幸いであった。

　さて、二人がナンタケットの港に着いた頃は、夜もかなり更けていた。そこで潮吹き亭の親父に紹介されていた、彼の従兄弟の経営している「鍋屋」に落ち着くことに決めた。寝床でクイークエグと明日の予定を相談したのだが、クイークエグの守り神であるヨジョの妙なお告げ：「相談して捕鯨船を決めるな」ということと、当日はクイークエグの「ラマダン（断食月）」に相当する日だったこともあり、翌朝早く、イシュマエルは一人で港に出かけた。船着場のあたりをうろつきながら次々に聞きまわった結果、これから長い航海に出る予定という三隻の船を突き止めた。

　色々観察し、手当たり次第調べた結果「ピークオッド（Pequod）号」という、半世紀の荒波にもまれた、類まれな古船に乗ることを決心した。この「ピークオッド」という名の部族は、ニューイングランド地方に居住していた部族だが、1636年一人のイギリス人を殺害したことがきっかけで、「ピークオッドの戦い」[3]と呼ばれる戦争に巻き込まれたのである。翌年の1637年には、ピークオッド族の集落が襲われ、何百人もの住民が虐殺されるという悲惨な事件が起こっている。

　記憶されている方も多いと思うが、1620年は、ナンタケットの北方約50km先にあるケープ・コッド（鱈岬）に、メイフラワー号に乗船したイギリス人102人が初めて上陸した年であり、その僅か17年後に起きた出来事である。また、記憶に残る歴史としてメイフラワー号がやってくる丁度一年前の1619年は、アフリカからアメリカ南部に奴隷が送り

込まれた年でもある。

　余談ながらメルヴィルが敬愛してやまないナサニエル・ホーソンが1850年に発表した『緋文字』の中には、興味深い記述がある。即ち、この「ピークオッドの戦い」に関係する「鎧や胸あて」などの武具が展示されている知事公邸を、主人公「ヘスタ・プリン」が訪問する印象的な場面が出現する。

　さて本題に戻れば、白人の入植者の数が増えるにつれ、火器にも勝れていた白人相手ばかりか、キリスト教に改宗した部族などとの抗争も加わり、アメリカインディアンの人口は半世紀ばかりで激減していく。異教徒や異民族を滅ぼすことに何の抵抗も違和感すら覚えない元凶は、やはり『聖書』の中にあるのかもしれない。メルヴィルが、この悲劇の部族「ピークオッド」の名前を持ち出したのも、やがてこの船に起こる不吉な未来を暗示しているともいえる。

　イシュマエルは、船の持ち主の一人である「ピーレグ（Peleg）元船長」とさっそく交渉に入るが、たちまち地元の人間でないと見破られ、捕鯨の経験もないということで嫌みを言われながら、船室にいるもう一人の船主でもある「ビルダド（Bildad）元船長」の所へ行き、更に面接を重ねる。

　捕鯨業では、賃金の代わりに利益の何分の一かを配当として受け取る決まりであるが、ピーレグ元船長がビルダド元船長に配当をいくらにしたものかと尋ねると、777番配当ではどうかと言い出す始末。

　ピーレグ元船長もビルダド元船長も共にクエーカー教徒だが、ビルダド元船長は極めてケチな男で、「汝ら、地上に富を積むべからず。そこでは、虫が食ったり、さび付いたり……」（マタイ伝：6-19）などと口走りながら、非常識な提案をしたものだ。「聖書読みの聖書知らず」とはこのことか。これには、さすがのピーレグ元船長も、待遇がひどすぎると思ったのか、結局300番配当ではどうかということで落着したのである。

　ちなみにメルヴィルは21歳（1841年）のとき、歩合175分の1で、捕鯨船「アクシュネット号」に水夫として乗り込んでいる。

　ピーレグも**ビルダド**も、共に『旧約聖書』に因む人物で、前者は創世記（10-25）に「**ペルグ**（ヘブライ語の発音）：エベルの息子の一人」として記されており、後者はヨブ記（2-11〜13）にヨブの友人の一人（シュア人）として登場する場面がある。

　翌日相棒のクイークエグを連れて、最後の契約を実行しようとした時、**ピーレグ**元船長は、「クイークエグが改宗したという証拠を出せ」と突然言い出す。異教徒は絶対乗せないというのだ。

　イシュマエルは、苦し紛れに次のように抗弁する。「あなたも私も、このクイークエグも、生まれながらに所属している教会、すなわち未来永劫の第一組合の会員じゃありませんか。その信仰において皆手をつないでいる同胞ではありませんか」と。**ピーレグ**元船長は「若いのに、なかなかうまいことをいう。こんな説教は聞いたことがない。あのマップル牧師などよりはるかに上手だ。水夫よりも船の宣教師になったらどうか」などと納得し、書類はどうでもよくなった。

　おまけに相棒のクイークエグが間近で行った銛の実演に驚嘆し、すっかり気に入った**ピーレグ**は**ビルダド**をせかし、クイークエグに**90番配当**という破格の契約を申し出たのだ。ナンタケットでこれほど高額な配当を受けた「銛打ち」はかつてなかったということだ。

　ところで、邦訳の中には、**19番配当**と誤訳しているものが見受けられる。原書を見れば明らかだが、初歩的なうっかりミスである。

（2-6）　予言者「イライジャ」

『聖書』に現れるのは通常「預言者」と見なされているが、この『白鯨』（19章）に突然現れる「イライジャ」は、明らかに「予言者」である。「列王記（上）」（17-1）に書かれている「**エリヤ**（Elijya）」は、神の預言者であるが。

　イシュマエルは、「**ピークオッド号**」という船の乗組員になろうとした時、**ピーレグ**元船長に、この船の船長はだれかと尋ねたところ、あま

り詳しい話は聞けなかったのだが、名前は、**エイハブ**（Ahab）だった。

「神を畏れぬ神に似た人だ」とか、「昔の**エイハブ**は、王様だった」、「前の航海で、呪われた鯨に片脚を取られた」などという類の話は聞いていた。

このエイハブは英語読みだが、「列王記（上）」には**アハブ**（ヘブライ語読み）として登場する。

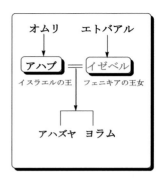

その部分（16章29〜33）を新共同訳から引用する：「**オムリ**の子**アハブ**がイスラエルの王となった時代は、ユダ王アサの治世第三十八年であった。オムリの子**アハブ**は、サマリアで二十二年間イスラエルを治め……（中略）……シドン人の王エトバアルの娘**イゼベル**を妻とし、進んで**バアル**に仕え、これにひれ伏した……**アハブ**はまたアシュラ像を造り、それまでのイスラエルのどの王にもまして、イスラエルの神、主の怒りを招くことをおこなった」と。『聖書』では、まるで悪の大王のように描かれており、預言者エリヤと真っ向から対立する相手となる。

バアルとは、カナン人の神で「嵐」と「天候」を司る神である。

エリヤは「見よ、わたしはあなたに災いを下し、あなたの子孫を除き去る……」と神のごとく預言するとともに、「**バアル**の預言者どもを捕えよ。一人も逃してはならぬ」と民に命じる。そして、彼らを捕らえるとキション川に連れていって殺した（列王上：18-40）。

また、こうも書かれている：「アハブに属する者は、町で死ねば犬に食われ、野で死ねば空の鳥の餌食になる」（列王上：21-24）と。

『旧約聖書』全体に言えることだが、「邪教を排し、異教徒を皆殺しにすること」を公然と宣言している。主の立場を正当化（絶対化）しており、敵対する相手は、すべて「悪」とみなすのである。逆の立場からすれば、当然反発して全く同じ主張を繰り返すことになり「救い」はどこにも存在せず、対立だけが残ってしまう。

メルヴィルは17章「ラマダン」でもこう述べている：「わたしは、誰

が何の宗教を信奉しようと、その人間が他
の人間に対して、相手が自分と同じ信仰を
持たぬからといって、殺したり侮辱したり
しない限りは、少しも意義を差し挟むつも
りはない」（田中訳）と、すこぶる常識的
な見解を示しているではないか。

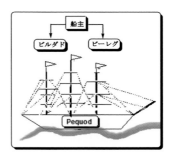

　さて、イシュマエルとクイークエグの二
人が、ピークオッド号から降りて、海辺を
歩いていると、みすぼらしい身なりの不気味な風情の男が、何やら話し
かけてくる。「あの船（ピークオッド号）に決めたのか」とか「名前は
書いたのだな」、「雷親父（エイハブ船長）に会ったのか」、「起こること
は起こるのだ」などと、半ば独り言のような話し方で、しつこく付きま
とう。何とか振り切ったものの、イシュマエルの心の内には、何やら漠
然とした不安が広がっていく。

　いよいよ出帆も間近に迫ってきたというある朝、イシュマエルとク
イークエグが波止場近くまで来ると、またイライジャがこっそり近づい
て話しかける。「君たちに警告しに来たのだ……まあ気にするな……み
んな家族みたいなものだ」などと、しゃがれた声を発しながら不気味に
去っていった。

（2－7）　乗船・出帆・乗組員

　艤装が終わった「ピークオッド号」には、これから3年間もの長旅用
に数多くの品物、食料はもちろん、様々な資材や大型の予備品の搬入も
ほぼ終わっていた。こまごまとした日常品の搬入は、その後も続けられ
ていた。その中で一人、ビルダド元船長の妹「**チャリティ**」小母さん
が、いそいそと働いていた。
『白鯨』という小説に、女性が初めて登場する場面（20章）である。
このやせ気味の老婦人は、頑固な面もあるが、親切でこまごまと気の付

く小母さんだ。

　エイハブ船長はまだ姿を現さないが、船は正午ごろ波止場から引き離された。水先案内人も兼ねているビルダド元船長が船を操っているのだ。

　ピーレグの方は、大声で乗組員に最後の指示を出している。かなり沖合に出たので、二人の水先案内人の役目は終わった。小型ボートに乗り移るときが来た。長い危険な航海、ホーン岬や喜望峰という難所に立ち向かう乗組員と船に思いを寄せて、万感胸に迫る思いである。ピーレグの目に光るものがあった。冷たい夜風をカモメが切り裂いて上空を飛びかう。船は、つめたい茫漠たる大西洋に突き進んでいく。『白鯨』26、27章（騎士と従者）には、この捕鯨の要となる三組の捕鯨ボートの重要なキャストの紹介がある。

　メルヴィルは、明らかにセルバンテスの『ドン・キホーテ』を意識しているようである。左手首を失ったセルバンテスと左脚を白鯨にもぎ取られたエイハブ船長とを重ねて見ているのかも知れない。エイハブ船長を騎士の「ドン・キホーテ」に譬えるとすると、だれが一体「サンチョ・パンサ」なのか。航海士全員を自分に忠実な従者とみなしているかどうかは定かではないが、信用しているとも思えない。

　ともかくも、この節の最後に捕鯨ボート乗組員の生い立ちや性格などを一覧表として以下にまとめてある。主要登場人物の人間模様が分かれば、これから展開される物語の筋書きは、より明確にとらえることができると思う。一方、このほか捕鯨ボートには、オールの漕ぎ手が数名必要であるわけだが、平の水夫名などは、当然かもしれないが、特に書かれてはいない。

　一体、エイハブ船長の従者に該当するモデルは存在するのだろうか。一等航海士のスターバックはどうだろう。もともと船長の行動には批判的であり、一度は反旗の気配をも見せる場面もある。時として、御主人に対して適切な忠告や助言を与える、冷静客観的な側面を持つ従者「サンチョ・パンサ」に似ていなくもないのだが。

　それでは、二等航海士の「スタッブ」はどうだろうか。平静で落ち着

いて働く、朗らかで気さくな男で弱虫でもないが大胆でもなく、適当な
ところがある、この男も従者らしくはない。それならば、三等航海士の
フラスクはどうだろう。怖い物知らずで、大胆なところはあるが、思慮
分別には足らない部分が多々あり、この人物も適格とはいえない。とな
るとエイハブ船長には、適当な従者は存在しないことになるが、形の上
では、彼は船の独裁者なので、すべての人物を従者とする立場にあるこ
とは確かである。

　物言わぬ、巨大な風車との狂気の「正義の戦い」に挑む「ドン・キ
ホーテ」に対して、エイハブ船長は、広大な大洋の中を動き回る海獣
「レヴィアタン・白鯨」を唯一絶対の目標（復讐）として追い求める以
外は眼中にないという様は、やはり狂気としか言えない。

　陸と海との違いはあるものの、最終目標である「自殺願望」という亡
霊に取りつかれてさまよう点では、同列かもしれない。

「かくして、この神を畏れぬ白髪の老人は、もの凄まじい呪詛ととも
に、ヨブの鯨を追って世界をめぐることとなり、引き連れた乗組員の一
団もまた、各種各様の不信者・無宿者・食人種などからなる不逞のやか
らで……スターバックの実直な常識も孤立無援で役立たず、スタッブは
無頓着・無反省でバカふざけしており、フラスクにいたっては徹頭徹尾
ぼんくらであり、精神的に、はなはだしく脆弱で……（中略）……一
体どうして彼らが老人の激昂にあれほど熱心に応じたのか……」（田中
訳：『白鯨』41章）。傍観者としてしか存在しえない、力の及ばないイ
シュマエルのむなしい独白である。

第一組	○一等航海士：スターバック	○銛打ち：クイークエグ
	(1) ナンタケット出身・敬虔なクエーカー教徒	(1) ポリネシア・ココヴォコ島出身・大酋長の息子
	(2) 冷静沈着・質実	(2) 高貴な野蛮人
	(3) 船長エイハブの暗殺を断念	(3) イシュマエルの心の友

第二組	○二等航海士：スタッブ (1) ケープ・コッド出身 (2) 無頓着で無反省だが明るい男 (3) パイプ煙草好き	○銛打ち：タシュテゴ (1) マザース・ヴィニヤド島（ナンタケット島の西約25km）出身の純粋なインディアン (2) 野牛から鯨に乗り換えた男
第三組	○三等航海士：フラスク (1) マザース・ヴィニヤド島出身 (2) ずんぐりした・逞しい小男 (3) 無知・無頓着、怖いもの知らず	○銛打ち：ダグー (1) アフリカ生まれの黒い巨人、両耳に大きな黄金のリング

『ドン・キホーテ』と『白鯨』のエイハブ船長との決定的な違いは、何か。前者は狂気の「ドン・キホーテ」から目覚め、正気に戻った善人「アロンソ・キハーノ」として死んでいくのに対して、後者は狂気のエイハブ船長の「姿焼き」そのまま、直線的に死出の旅路に突進していく。

（2－8） エイハブ船長登場

　ナンタケットを出てから数日間、エイハブ船長は甲板に姿を現さなかった。甲板へ上がるたびに、イシュマエルは思わず船尾の方へ眼をやり、まだ見ぬ船長を不安げに探すのだった。それというのも、波止場で出会った、あの貧相なイライジャという男が放った、謎めいて不吉な言葉が頭から離れないからだ。

エイハブ船長

　船長がケビンにこもっている間、三人のアメリカ人航海士が代わる代わる交代で当直にあたるので、船の運航の心配はいらない。

　クリスマスの日に出港して以来の、冬の耐え難い天候も南下するにつれて穏やかになり、徐々に明るさをます空模様の中、追い風に乗った船は快適に疾走する。そんな朝イシュマエルが、午前の当直を終えて甲板に上がると、エイハブ船長が船尾の手摺に立っていた。背が高く、恰幅のいい姿は、ギリシャ神話に出てくる「ペルセウス」の似姿を思わせる銅像そのものであった。何故イシュマエルは、急に「ペルセウス」の話を思い出したのだろうか。

○閑話休題

　知る人ぞ知る「ペルセウス・アンドロメダ型神話」の話を『白鯨』の82章の解説に先だって、以下簡潔に紹介したい。
「エチオピアの王ケペウスと王妃カシオペアの間には、非常に美しい娘『アンドロメダ』がいた。王妃カシオペアは、娘の美しさを誇って、海神のニンフたちと争っていたが、怒った海神がエチオピアの地に洪水や津波を起こし、巨大な海の怪物を送りこんで海を荒らす暴挙に出た。

　そこで王ケペウスは、エチオピアを救うためと神々の怒りを鎮めるために、娘の『アンドロメダ』を生贄として捧げることを余儀なくされ、娘を岩場に残した。丁度そこにペガサスに乗って現れた『ペルセウス』は、詳しい経緯を知るやいなや、嘆き悲しむ両親に『娘を助けたら嫁にもらう』という約束を取り付け、直ちに怪物を退治する」という物語である。

しかし、この話はこれで終わりではなく、もう一悶着おこる。「アンドロメダ」の許嫁の「ピネウス」が、部下を引き連れてペルセウスとアンドロメダの結婚式場に殴り込みをかける話が続くのだ。

　さてイシュマエル（メルヴィル）の頭の中には、「ペルセウス」をエイハブ船長になぞらえ「巨大な海の怪物」を「レヴィアタン」とする構図が、突然芽生えたのではないかと想像する。

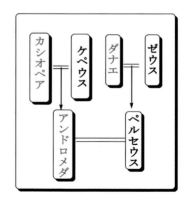

同様の神話は、『古事記』の中にも「八岐の大蛇退治」という説話として出てくるが、御存知の方も多いと思う。荒筋はこうである。

「須佐之命が、出雲の鳥髪というところに来たとき、上流から箸が流れてきたことから、川上に人がいると思い上っていくと、老夫婦が童女を挟んで泣いていた。その訳を尋ねたところ、老夫婦は『足名椎・手名椎』といい、娘は『櫛名田比売』という。あの高志の八岐の大蛇が、毎年襲ってきて娘を食ってしまうという。今年もその時期が近づいてきたので泣いているのだと訴える。そこで、須佐之命が『大蛇を退治したら、娘を嫁にもらいたい』と申し出る。大蛇に酒を飲ませるという策略を施して、十拳剣で大蛇を切り殺す話」である。

　以上のようなタイプの神話は、ヨーロッパやアジアに広く分布していることが知られており、西方から東方へと拡散・伝播していったものかもしれない。

　エイハブ船長は、絶えず船首のかなた前方を凝視しながら、一言も声を発せず、航海士らは誰も声をかけられない緊張状態が続く。

「数日が過ぎ、船上に張る氷も氷山もすべて後方へ去り、ピークオッド号は今や、温暖で知られるエクアドル首都キトの春さながらの陽光のなかを走っていた」(29章：幾野訳)。何故ここに、赤道直下の常夏のエクアドルを持ち出したのだろうか。ホーン岬をいつの間にか過ぎて、チリ沖を北上しエクアドル沿岸に接近したのかと一瞬錯覚を起こす。実際、この時ピークオッド号は、赤道直下のブラジル沖を航海していたはずなのだ。エクアドルの首都キトは、海抜2800m以上の高地にある常春の都である。メルヴィルのお気に入りの場所のようで、他の作品でもキトは顔を出すのである。

　このさわやかで涼しい気候の中では、エイハブ船長といえども、狭苦しいケビンにいるよりは、澄み切った外気にあたる甲板を巡視している方が、はるかにましなことは明らかである。日暮れの静寂なひと時、そこへひょっこり二等航海士のスタッブが現れる。

　夜直が始まれば、水夫たちは昼間の連中の眠りを妨げないように用心

深くなるのは当然である。エイハブ船長も、普段は眠りについた航海士たちに気兼ねして、後甲板を歩き回ることは遠慮するはずであったが、その日に限って鯨骨でできた義足で足音も高く歩いていた。

　これに気が付いたスタッブは遠慮がちに「エイハブ船長が甲板を歩きたいのなら、誰もいけないとは言えませんが、しかし何かその音を消す方法はないものでしょうか。何か柔らかいもので、脚の先をくるんだらどうでしょうか」と話しかける。ところが、これがいけなかった。エイハブ船長は突然怒り出したのだ。スタッブは、エイハブという人間を知らなかったのだ。

　エイハブ船長はスタッブに侮辱的な激しい言葉を吐く。「スタッブ、このわしが弾丸の玉とでもいうのか。まあいい、失せろ……（中略）……この犬め、犬小屋へ下がれ」と。

　スタッブは「犬と言われて引き下がるわけにはいきません」と一旦は反発したものの、エイハブ船長のあまりにも凄まじい剣幕にたじろいで引き下がる一幕があった（29章）。

　翌朝、スタッブは三等航海士のフラスクに昨晩見た、妙な夢の話をする。前日にエイハブ船長から受けた侮辱が「エイハブ船長に蹴られた」という無意識的な感情に変わり、仕返しのつもりで「エイハブ船長を蹴飛ばす」という反撃の夢を見たのだ。そのエイハブ船長を蹴飛ばしているうちに、それがピラミッドに豹変し、更に突然「穴熊のように毛深い、こぶのある海坊主」が現れるという奇妙な夢を見たのだ。

　仕方なく蹴るのをやめたところ、その海坊主は「スタッブは利口だ、スタッブは利口だ」という言葉を吐く始末。

　スタッブが腹立ち紛れに海坊主を蹴飛ばそうとすると、その海坊主は、こんなことを言う。「お前さんは、偉いお方の骨の脚で蹴られて、一つ利口になったのだ。ピラミッドを蹴飛ばして何になるのだ」

　夢から覚めたスタッブは、自嘲気味にフラスクに言う。「フラスク、一番いいことは、エイハブ船長が何と言ったって逆らっちゃいけないのだ」と（31章）。

　この章のあたりから、エイハブ船長の心理状態が徐々に変わっていく

背景には、メルヴィルの計算があるようだ。但し、その前奏曲とも脱線ともいうべき「メルヴィルの道草」が、しばらくは続く。

　32章「鯨学」、33章「銛打ち頭」、34章「船長室の食卓」、35章「橋頭」である。鯨や捕鯨船に関する様々な予備知識を、読者に詳しく伝授しようとするかのようだ。我々は、有難く彼の講義を拝聴すべきかもしれないが、少し飛ばしても良いかもしれない。

　55章から57章にかけても、鯨の絵画や捕鯨術などの講義があり、更に79章と80章には鯨の骨相学の歴史・民族学的な話などが続くのである。メルヴィルの博覧強記は102章から105章にも出現する。これでもかこれでもかと「鯨骨の測定や化石」など、メルヴィルの独演会がそこかしこに闖入してくる。物語を継続するうえで、作者の構想がうまくまとまらずに苦吟することもあったかと思う。その合間に何とか空間を埋めたい気持が湧き出したのかも知れない。

　特に、102章では「イシュメール……君は鯨取りでも、ただの漕ぎ手のくせに、鯨の内部について何でも知ったかぶりをするのはどうかね」（田中訳）。このように言われると、「おっしゃる通りです」と、首を垂れるしかないのだ。誰も反論はできないと思う。教師の経験があるメルヴィルからすれば、知っていることは何でも教えたいという欲求は避けがたい本能かも知れない。

　以上のように『白鯨』の中には、圧縮された情報がモザイク状に多彩に散りばめられており、なかなか追いかけるのに苦労する。

　そこで次章では、メルヴィルが色々な場面で引用する『聖書』の物語の中でも、特に頻出する『旧約聖書』「ヨブ記」を中心にまとめておきたい。何故なら、「ヨブ記」にはメルヴィル自身の書き込みがきわめて多いことがよく知られており、作者の心理状態をおしはかるための、重要なポイントが多数埋め込まれていると思えるからである。

■ 第二章　参考図書

１）グリニス・チャントレル編（澤田治美監訳）『英単語由来大辞典』

（柊風舎、2015）

2）エリック・ジェイ・ドリン（北條正司・松吉明子・櫻井敬人訳）
　　『クジラとアメリカ：アメリカ捕鯨全史』（原書房、2014）

3）フィリップ・ジャカン（富田虎男監修）『アメリカ・インディア
　　ン ― 奪われた大地 ―』（創元社、2000）

ヨブ記の限界と神の二面性

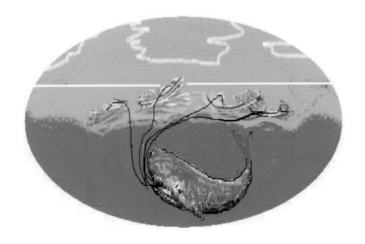

「お前は、レヴィアタンを鉤にかけて引き上げ、その舌を縄で
捕えて屈服させることができるか」　　　　　（ヨブ記：40-25）
「お前は、その鼻に綱をつけ顎を貫いて手綱をかけることがで
きるか」　　　　　　　　　　　　　　　　　（ヨブ記：40-26）
　　（ヨブ記は、**神の二面性**を明確に示唆する貴重な読み物）

（3－1）　メルヴィル周辺の不幸

　メルヴィルは、『旧約聖書』の中でも「**ヨブ記**」や「**伝道の書**」に多くの書き込みを残していると伝えられている。その行為自体に何かしら作者の意図や心理がにじみ出ていると考えられないだろうか。

　とりわけ、「**ヨブ記**」に関心が集中していることは、祖先の事績や自分の家族に集中する不幸な出来事が、精神的に大きな影を落としているように見える。多くの専門家は、さほど注目していないと思われるが、メルヴィルの家系図を参考にしながら、彼の身内で起きた一連の事件に留意しつつ「**ヨブ記**」を読み込んでいきたいと思う。

発生年代	◎不幸な出来事
①1832年	**13歳**：父アラン（**49歳**）が肺炎で苦しみ他界。 ○事業に失敗し多額の負債を残す。
②1846年	**27歳**：兄ガンズヴォート（**31歳**）がロンドンで客死。 ○自身はリューマチで苦しむ。
③1867年	**48歳**：長男マルコム（**18歳**）の早世。 ○ピストルによる自殺[1]
④1872年	**53歳**：2月に弟アラン（**49歳**）結核で死亡。4月に母マリア（**81歳**）死去。11月ボストンの大火で、妻エリザベスの相続した家屋焼失。
⑤1884年	**65歳**：一番下の弟トマス（**54歳**）急死。
⑥1886年	**67歳**：次男スタンウィックス（**34歳**） ○放浪生活者。最後はサンフランシスコで病死。

　日本なら江戸末期から明治初めごろの事情を考慮すれば、男女平均寿命は34〜44歳、当時のアメリカなら39〜47歳くらいであった[2]。

　従って、彼の父や兄弟が30代、40代で亡くなっていることは、特別に短命であったとも言えない。

しかし、13歳の時に遭遇した父アランの死は、丁度思春期にあった「ハーマン・メルヴィル」の心に深い傷跡を残したことは間違いない。多額の借金を抱えたまま、取り残された八人の子供たち（17歳の長男ガンズヴォートを筆頭に4男4女）に加えて、浪費癖の治らない母マリア（父親のピーター・ガンズヴォートはオランダからの初期の移住者でスタンウィックス砦の戦いの英雄）の存在は、メルヴィル家の窮状を深めるばかりであった。長男ガンズヴォートが父アランの仕事の一部を継いだものの不況のため5年後倒産してしまう。祖父のトマスが土地を手放すが借金は残るばかりで、親族の援助はあったものの、メルヴィルは兄と共に職を求めて転々と放浪することになる。

　20歳の時に始まる陸から海への転機としての逃避行は、メルヴィルのその後の運命を決定づけることになる。

　精神的には安定していたと思われるメルヴィル48歳の時、突然起きた長男マルコムの自殺は、過去の不幸に追い打ちをかける深刻な打撃を与えたに違いない。加えて、マルコムの死は、弟のスタンウィックスにも深い失望とトラウマを残しており、兄の突然の死にショックを受けた彼は、あてもない放浪の旅から旅の途中、サンフランシスコのホテルで孤独な人生を終えてしまう。やはり、もう一人のイシュマエルを生み出した感がある。母方の偉大な曾祖父の武功となった戦場の名称を受け継ぐという精神的な重荷もあったかもしれない。また、卸売業ビジネスや鉱山業、歯科医術など様々な仕事に手を出したものの、すべて失敗しており、残された一人の男の子として両親の期待も重荷になっていたのかもしれない。

　一連の悲劇の連鎖は、その後のメルヴィルの創作活動にも深刻な影を落としたことは確かである。メルヴィルは、シェークスピア悲劇のテーマ「生と死」や「善と悪」、「罪と罰」などに強く影響を受けていたと言われるが、彼の多くの作品はそれを物語っていると思う。

　メルヴィルの家系図（次頁）を見れば明らかなように、その当時としては長命であったハーマンが67歳の時、この系図内の男性は、彼以外すべて消えているのである。彼の母以外の女性達は残っている。『白鯨』

の主人公・イシュマエルが一人だけ生還する筋書きとも重なってくるが、『白鯨』ばかりでなく、他の作品『レッドバーン』や『ピエール』等でも、身近な友人たちの様々な「死」というテーマが常に付きまとうのである。

　メルヴィルの作品は、ほぼ男性中心の物語であるのと対照的に、彼の晩年は、女性に取り囲まれた環境の中で、一人ぽつんと取り残されている。どことなく空虚な寂しさの中には、ヨブ記のヨブとも重なる部分がある。

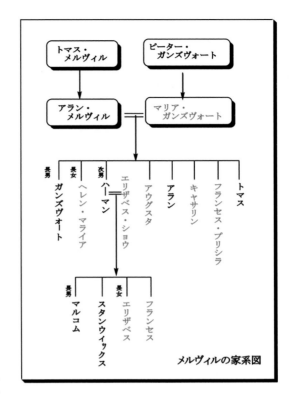

メルヴィルの家系図

（3-2）　サタンにそそのかされる主

　ヨブ記の一章は、次のように始まる。「ウツの地にヨブという人がいた。無垢な正しい人で、神をおそれ、悪を避けて生きていた」と。

　七人の息子と三人の娘にも恵まれ、東国一の富豪であったという説明から始まる。彼自身以外の情報は何も示されていない。

　ある日主の前に、天使たちが集まり、それにサタンも加わった。主は、サタンにこう言われた。「お前はわたしの僕ヨブに気付いたか。地上に彼ほどの者はいまい。無垢な正しい人で、神をおそれ、悪を避けて

生きている」（新共同訳：1-8）と。

　サタンは答える。「ヨブが、利益もないのに神を敬うでしょうか……（中略）……ひとつ、この辺で、彼の財産に触れてごらんなさい。面と向かってあなたを呪うにちがいありません」（1-9）と。

　そこで主は「それでは、彼のものを一切、お前の言うようにしてみるがよい。但し、彼には手をだすな」（1-12）と言われた。

　冒頭から、**主**と**サタン**との間の陰謀めいた「遣り取り」が始まる。**神の自作自演**の会話にしか聞こえない。何故なら、以下に示されるイザヤ書（45-7）を読めばわかるように、**主**は次のように述べているのである。欽定訳聖書（**KJV**）の記述を以下に引用する。

"I form the light, and create darkness: I make peace, and create evil: I the Lord do all these things"

「わたしは光を造り、闇を創造し、平和をもたらし、災いを創造する者。わたしは、主。これらのことをするものである」（新共同訳）とあるが、下線部の和訳は少々おかしい。災いを創造するという訳は適切ではないと思う。「災いを引き起こす」という訳の方が違和感はない。

　何故なら、「**create**」には「（騒動などを）引き起こす」という意味も例示されており、「創造する」という訳はずれている。

　それはともかく、歴史的には、「ヨブ記」より「イザヤ書」のほうが少し古いはずなので、ヨブ記の作者は「イザヤ書」を全く読んでいないか、あるいは失念したとしか思えないのである。

　とかく「**神は善の塊**」と理解し、「**サタンは悪の権化**」と断定する分離・対立型の二元論はよくある説だが、それは誤解だ。神とサタンは「紙の裏表」の関係にあり「**神とサタン**」を切り離すことはできない。

　何故なら、**サタン**それ自体が神の属性だからである。そのことを念頭におければ、「ヨブ記」は非常にわかりやすい読み物なのである。

　自己を「**絶対的善**」と規定し、敵対する相手を「**絶対悪**」と決めつけて排除しようとすれば、何が起こるか。『旧約聖書』のあちこちに、「異教徒や異民族は皆殺しにせよ」という「主（ヤーウェ）」の残酷な文言が満ち溢れているではないか。

　北米に白人たちが入植した後、アメリカインディアンの人口は激減している。その原因を、すべて「疫病」のせいにするわけにはいかないのである。根底には『聖書』の思想が見え隠れしている。

　イシュマエルが異教徒のクイークエグと心の友になるという設定は、明らかに、メルヴィルの『聖書』に対する反発が読み取れる。

　ヨブ記：1章14〜19節を開けば分かるように、ヨブの息子や娘たちが宴会を開いている最中に、召使い達から次々に悲報が入る。「シェバ人、カルデア人に襲われ、ヨブの牧童らが殺されました。わたし一人だけ逃げのびて参りました」とか「天から火が降りそそぎ、羊も、牧童たちも焼け死にました。わたし一人だけ逃げのびて参りました」、また「荒れ野の方から大風が吹いて、家は倒れ、多くの人は死にわたし一人だけ逃げのびて参りました」という報告である。

　実は、この下線部の言葉は『白鯨』最後の「エピローグ」の冒頭に出ており、ヨブ記の文章が反映されているのである。

"And I only am escaped alone to tell thee"

　本書第一章でも指摘したように、メルヴィルは、どんな『聖書』を読んでいたのだろうか？　原書に書かれている英文を、他の『聖書』と比較して見たが、欽定訳聖書「KJV」であることは間違いない。参考のため、他の『聖書』にある文章例を以下に示すが、興味深い違いが見える。

"And I alone escaped to tell you"（ESV, NAS, NJB）

「KJV」では、"escape"を他動詞として扱っているのに対して、上記三種の『聖書』では、自動詞扱いである。『白鯨』の結末の意味から推量すれば、イシュマエルは自力で助かったのではない。助けられたのである。従って、イシュマエルの気持に沿う表現は「KJV」しかない。

　さて本題に戻ると、ヨブにとっては全く寝耳に水のような最悪の事態が発生したのだ。一つは人災、他は天災である。ヨブは「主は与え、主は奪う」と自らに言い聞かせながら、主を非難することはなかった（1-21）。前にも指摘したように、「主」とは「光」であり、同時に「闇」でもあるからだ。

ところが、主はサタンに向かって「……お前は理由もなく、わたしを
そそのかして彼を破滅させようとしたが、彼はどこまでも無垢だ」など
とのんきなことを言う。すかさずサタンは言い返す。「……命のために
は、全財産を差し出すものです。手を伸ばして彼の骨と肉に触れて御覧
なさい。面と向かったあなたを呪うにちがいありません」と。

　主は、「それでは、彼をお前の好きなようにするがよい。但し、命だ
けは奪うな」とサタンをけしかけるのだ。何というサドの神よ！　サタ
ンの仮面をかぶった神よ！　神は、共犯者ではないか。

　サタンは早速ヨブに手をかけた。頭のてっぺんから足の裏までひどい
皮膚病にかからせた。まるで拷問だ。彼の妻は「どこまでも無垢でいる
のですか。神を呪って、死ぬ方がましでしょう」と言う。妻の一言は、
サタンの意図した一言に違いない。それに対して、ヨブは「神から幸福
をいただいたのだから、不幸もいただこうではないか」とまっとうな言
葉を吐く。『聖書』の神になじまない人々にとっては、自然災害にあっ
て愛する肉親を失った時、自然を恨むだろうか？　自然は中立であっ
て、義人・悪人の区別はないから、呪ったり恨んだりする対象ではな
い。自然は、豊かな実りを与えて人々の生活を支えてくれる反面、時に
地震や台風、水害、旱魃、火山爆発などが猛威を振るい、多くの人々の
命を奪うことはあるが、呪の対象ではないはずだ。

　自然に対する恐れこそが「**信仰の始まり**」なのであり、神とは、人間
が後付け（創作）した**架空菩薩**にすぎないのである。

　サタンに悪役を押しつけながら、「お前は理由もなく、わたしをそそ
のかして彼を破滅させようとした」などと、のたまう無責任な神は、自
分を鏡に映してみればよい。**鏡＝ヨブ**であることを、自ら自覚できない
なら神の資格はないのだ。ヨブは無意識ながらも、サタンは神の**エナン
チオマー**（対掌体）だと気付いていたのかも知れない。

（3－3）　友人たちの説得

　ヨブと親しいテマン人**エリファズ**、シュア人**ビルダド**、ナアマ人**ツオファル**の三人が、ヨブを襲った災難の一部始終を聞き、慰めようと、はるばる遠くの国から見舞いに訪ねてきた。しかしながら、ヨブの変わり果てた痛ましい姿に驚愕し、言葉をかけることもできない。

　ヨブは嘆く。自分の生まれた日を呪って、延々と嘆く。「なぜ、わたしは母の胎にいるうちに死んでしまわなかったのか。せめて、生まれてすぐに息絶えなかったのか。なぜ、膝があってわたしを抱き、乳房があって乳を飲ませたのか」（新共同訳：3-11〜12）と。

　よく「私なんか生まれてこなければよかったのだ」という悲痛な言葉を吐く人はいる。実際、伝道の書（コヘレトの言葉：4-2、3）にも、次のような文言「すでに死んだ人を、幸いだと言おう。更に生きて行かなければならない人より幸いだ。いや、その両者よりも幸福なのは生まれてこなかった者だ」が書かれている。ヨブの気持と全く同じだが、それはできない相談ではないのか。それでも何故ヨブは嘆くのか？　先に自ら述べていたではないか。「幸福（**光**）をいただいたのだから不幸（**闇**）もいただこうではないか」と。

　詩編（KJV など：22-2）を思い出す人もあるかも知れない。「**エリ、エリ、ラマ、アザブタニ**（ヘブライ語）」（わが神、わが神、なぜわたしをお見捨てになるのですか）と。マタイ伝（27-46）では、同じ内容の言葉「**エリ、エリ、レマ、サバクタニ**」（アラム語）に、またマルコ伝（15-34）では、若干変えて「**エロイ、エロイ、ラマ、サバクタニ**」（わが神、わが神、なぜわたしをお見捨てになったのですか）という表現でキリストの叫び声としている。

　蛇足ながら付け加えれば、同じ内容の文書なのに、新共同訳では何故か詩編（22-2）の言葉を「現在形」に訳出している。文法的に見れば、マタイ伝とマルコ伝と同様に「過去形」にすべきである。

　ヨブは、まだわかっていない。義の人ヨブは、まだ神を信じている。

なぜ腹を痛めた「母」を恨むような言葉を吐くのか。母の痛みをヨブは分かっているのか。なぜ元に戻すことのできないことを嘆くのか？　なぜ、全く頼りにならないものにそれほど執着するのだろうか？

　自分で自分の首を絞めつけていることに気付かないようだ。

　ヨブの幸・不幸を、一々神が心配するはずはない。自意識過剰なのだ。神が個人個人の運命に関わっているかのような夢想は、寝床の中だけで充分なのだ。神は、あなたを見捨てもしないし助けもしないのだ。

(1)　ヨブの友人エリファズが、まず語りかける。あまり説得力のない話がだらだらと続く。「考えてみなさい。罪のない人が滅ぼされ、正しい人が絶たれたことがあるかどうか」(4-7)：この文言の中にある「正しい人」という言葉自体も問題であるが、罪のない人が滅ぼされる事例は、歴史をひも解けば、いくらでもあるだろう。『旧約聖書』にもこう書かれているではないか。

「善人がその善のゆえに滅びることもあり、悪人がその悪のゆえに長らえることもある」(コヘレトの言葉：7-15)と。

　ヨブが「正しい人」であるかどうかに関して、その詳細を我々は何も関知していない。

(2)　「塵からは、災いは出てこない。土からは、苦しみは生じない」(5-6)：ヨブの作者は、創世記を読んでいないのか。それはありえないだろう。土から作られたアダムのことを。『聖書』に従えば、人類の苦しみの原点は、そこにあるはずなのだ。また、土の中には何か潜んでいるかもしれないのだ。

(3)　「神は貧しい人を剣の刃から、権力者の手から救い出してくださる」(5-15)：これも、実に馬鹿げた先入観念だが、言葉を変えて、一方的にヨブを責めたてる。意味のない説教が延々と続く。これに対して、当然ヨブは反撃する。

（3－4）　ヨブの答え (1)

「全能者の矢に射抜かれ、わたしの霊はその毒を吸う。神は私に対して脅迫の陣を敷かれた」(6-4)。全能者の**矢と毒**という言い方を見れば、ヨブは無意識かもしれないが、神の背後にある「**サタン**」にうすうす気付いていたのではないだろうか。

「言葉数が議論になると思うのか。絶望した者の言うことを、風にすぎないと思うのか」(6-26)。ヨブの真意を理解しない、**エリファズ**の無意味な千万言を皮肉っているようだ。

　また、次に示すヨブの神に対する率直な物言い (7-20) には、大いに共感を覚える：「人を見張っている方よ、わたしが過ちを犯したとしても、あなたにとってそれが何だというのでしょうか。なぜ、わたしに狙いを定められるのでしょうか……」と。全く同感である。ここで、神とヨブの立場はきれいに逆転している。まるで、どこかの「小姑」のように、ささいなことに口を出し、暇をもてあます、小心者の神よ。直ちに退場せよ。レッドカードを突き付けられていることに気が付かないのか。原告のヨブの完全な勝利である。

　しかし、神の代理人のつもりの**ビルダド**が、また反論する。

（3－5）　ビルダドの反論

「神が裁きを曲げられるだろうか。全能者が正義を曲げられるだろうか」(8-3) と。**ビルダド**よ、「全能者」とは何なのだ。「妬んだり、悔やんだり、怒ったり、サタンにそそのかされたりする者」それが、全能者か？　正義とは何なのか。「独善的な正義」は、正義ではない。

　ビルダドは、更に無慈悲な、酷い言葉をヨブに向かって吐きだす。

「あなたの子らが神に対して過ちを犯したからこそ、彼らをその罪に委ねられたのだ」(8-4) と。ヨブの10人の子供たちの過ちを、ビルダド

は何から何まで知っているつもりだろうか。最愛の子供たちを、すべて失った相手に対する思いやりはどこにあるのだ。この時点で、キリストの愛をこの**ビルダド**に要求するのは到底無理かも知れない。

　ビルダドの釈迦に説法は、更に続く。「過去の世代に尋ねるがよい。父祖の究めたところを確かめるがよい」（8-8）と。この時代の固定観念が、**ビルダド**を盲目にしている。

　『旧約聖書』（出エジプト記：34-7）には、主の戒めとして、こう書かれている：「（一部省略）……しかし罰すべき者を罰せずにはおかず、父祖の罪を、子、孫に三代、四代までも問う者」とあるように、ビルダドは、父祖の代まで、ヨブを疑い、ヨブに起こる、すべての災禍を、彼や彼の先祖の罪に起因すると考えたいようだ。仏教における「**因果応報**」や道教の「**功過思想**」のような考え方に近い思想が『旧約聖書』にもあることは確かである。

（3-6）　ヨブの答え ⑵

　「わたしの方が正しくても、答えることはできず、わたしを裁く方に憐れみを乞うだけだ」（9-15）と。「わたしが正しいと主張しているのに、口をもって背いたことにされる」（9-20）

　「罪もないのに、突然鞭打たれ、殺される人の絶望を神はあざ笑う」（9-23）。**神の悪魔性**を、ヨブが激しく指摘しているのに、誰も耳を傾けない。

　「わたしは、必ず罪ありとされるのだ……」（9-28）と、ヨブは無実の罪を嘆く。「神と共に、裁きの座にでることができるなら、神と私との間を調停してくれる者、仲裁する者がほしい」と訴える。何故なら、ヨブは正当に扱われていないと感じるからである。

　更にヨブは続ける。見えない相手にむなしく訴えかける。「わたしに、罪があると言わないでください。なぜ、わたしと争われるのかを教えてください」（10-2）と。もっともな主張ではないか。陰でこそこそやる

な、ということだ。神は答えられないはずだ。その陰湿なたくらみを。サタンとの約束は、口が裂けても言えないはずなのだ。

　今、被告席にたたされている神は、窮地に陥っているはずなのだ。

　次に、ナアマ人の**ツオファル**が話を始める。神の擁護者である彼も、ヨブに罪ありという前提で反論する。説得力のない陳腐な話を長々と続ける。「これだけまくし立てられては、答えないわけにはいくまい。口がうまければ、それで正しいと認められるだろうか」（11-2）と半ば馬鹿にした文言が続く。「あなたの無駄口が人々を黙らせるだろうか。嘲りの言葉を吐いて、恥をかかずに済むだろうか」（11-3）と。

（3－7）　ヨブの答え（3）

　ヨブは一々、**ツオファル**の神に対する紋切り型の話には、答えないで、次のような手厳しい言葉を吐く。「わたしが話しかけたいのは、全能者なのだ。わたしは神に向かって申し立てたい。あなたたちは皆、偽りの薬を塗る役に立たない医者だ」、だから「どうか黙ってくれ、黙っていることが、あなたたちの知恵を示す」（13-3〜5）と友を激しく痛烈に突き放す。

　更に、厳しい**ヨブ**の言葉が続く。「神に代わったつもりで、あなたたちは不正を語り欺いて語るのか。神に代わったつもりで論争するのか。そんなことで、神にへつらおうというのか」（13-7、8）と猛然と反論する。更に「あなたたちの主張は灰の格言。弁護は土くれの盾にすぎない」（13-12）と、三人の友人をバッサリと切り結ぶ。何と痛快な物言いではないか。更に、ヨブの独言のような言葉が続く。「罪と悪がどれほどわたしにあるのでしょうか。わたしの罪咎を示してください。なぜ、あなたは御顔を隠し、わたしを敵とみなされるのですか」と。

　すでに指摘したように、ここでもヨブは神の背後にある顔（サタン）を何気なく、意識していることが見て取れるようだ。

　三人の友は、ヨブの反論に納得せず、更にヨブに詰め寄る。議論は第

二ラウンドに突入する。

（3-8）　ヨブと三人の友の議論

①まずテマン人の**エリファズ**が繰り返し、ヨブを非難する。「あなたの口は罪に導かれて語り、舌はこざかしい論法を選ぶ」（15-5）とか「あなたを罪に定めるのは、わたしではなく、あなた自身の口だ。あなたの唇があなたに不利な答えをするのだ」（15-6）とあるように、依然として、罪は**ヨブ**自身にあると決めつけながら、「あなたの罪を定めるのは、わたしではなく、あなたの口だ」などと言い出す始末。議論のすり替えをしながら、臆面もなく罵る。**ヨブ**を慰めるふりをして、繰り返し**ヨブ**を苦しめる。さらに、（15-14）では、「どうして、人は清くありえよう。どうして、女から生まれた者が正しくありえよう」などと口走る。

　レビ記の12章や15章には、出産や月経に伴う女性の穢れの意識からくる発想がしばしば出てくる。**エリファズ**は、また次のような発言もする。「神は聖なる人々をも信頼なさらず、天すら、神の目には清くない」（15-15）と矛盾した言葉を吐く。天が穢れているなら、神も穢れているはずではないか。サタンにそそのかされる神よ、汝は一体何者かと言いたくなるだろう。

②シュア人**ビルダド**の意見：「いつまで言葉の罠の掛け合いをしているのか。まず理解せよ。それから話し合おうではないか」（18章）と。

　ヨブを理解しようとする気持はさらさらないのに、一方的な話し合いを要求しつつ、「暗黒・策略・罠」などの言葉を弄して、**ヨブ**を恐怖に落とし入れるような発言を繰り返し、意味のない冗舌を続ける。「ああ、これが不正を行った者の住まい、これが神を知らぬ者のいた所か」（18-21）などと"坊主憎けりゃ、袈裟まで憎い"と言った発言を平気で**ヨブ**に浴びせかける。

③ナアマ人**ツオファル**の反論：上の友人二人と同じように、**ヨブ**に反撃する。自分が非難されたという思い込みが強い。**ヨブ**の理解する神と、

68

彼らの神が違うことに気付かないのであるから、意見は平行線をたどるしかない。**ツオファル**は言う。「神に逆らう者の喜びは、はかなく、神を無視する者の楽しみは、つかの間に過ぎない」（20-5）と。**ヨブ**が神を無視していると一方的に非難するとは、まるで異教徒を非難するような口ぶりではないか。徹底的に**ヨブ**に攻撃を仕掛ける。

（3－9）　ヨブの答え（4）

　友人たちの反論に、**ヨブ**は、一々返答しているが、いい加減、聞き飽きたはずだ。「侮辱はもうこれで十分だ。私を虐げて恥ずかしくないのか」（19-3）。「わたしが過ちを犯したのが事実だとしても、その過ちはわたし個人に留まるのみだ」（19-4）という発言は、革新的で正当ではないか。古い衣を脱ぎ捨てることのできない友人たちは、立ち遅れていることに気付かない。**ヨブ**は反撃の言葉を吐く。「あなたたちこそ、剣を危惧せよ。剣による罰は厳しい。裁きのあることを知るがよい」（19-29）と。

　ヨブは言う、「なぜ、神に逆らう者が生きながらえ、年を重ねてなお力を増し加えるのか」（21-7）、「子孫は彼らを囲んで確かに続き、その末を目の前に見ることができる」（21-8）。正しい人が、常に幸せに囲まれ、子孫にも恵まれ、生きながらえて年を重ねるとは限らないことは、自明ではないか。昔も今も何ら変わるところはない。

　神は、一々個人の善悪に関与することはない。神を「**自然**」と読み変えれば、素直に理解できるはずだ。本来、神も自然も中立である。「むなしい言葉で、どのようにわたしを慰めるつもりか。あなた達の反論は欺きにすぎない」（21-34）。更に、ヨブの痛烈な反撃は続く。「わたしは自らの正しさに固執して譲らない。一日たりとも心に恥じることはない」（26-6）、「わたしに敵対する者こそ罪に定められ、わたしに逆らう者こそ不正とされるべきである」（26-7）と。

　神を讃えつつ、古き良き時代を懐かしく思い出しつつ、なお**ヨブ**は嘆

く。「わたしはあなたに向かって叫んでいるのに、あなたはお答えにならない」(30-20)。「神は、わたしの道を見張り、わたしの歩みをすべて数えておられるではないか」(31-4)。

そして、ついに「どうか、わたしの言うことを聞いてください……(中略)……全能者よ、答えてください。わたしと争う者が書いた告訴状を」(31-35) と、神に詰め寄るのである。

ここで、友三人は答えるのをやめた。ヨブは、自分が正しいと確信していたからである。

（3-10）　突然顔を出すエリフ

これまでに何の前置きもなかった人物がそこに登場する。ブズ出身の**エリフ**である。彼は、怒りの言葉を発する。まず「神よりも自分の方が正しいと主張する**ヨブ**」に対してと、さらに「**ヨブに罪があることを示す適切な反論を見出せなかった三人の友人**」に対してでもある。

32章から37章まで、神を擁護する硬直化した**エリフ**の発言が長々と続く。彼は言う。「神の霊がわたしを造り、全能者の息吹がわたしに命をあたえたのだ。答えられるなら、答えてみよ。備えをして、わたしの前に立て」(33-4、5) と、自らを**ヨブ**より高い位置に置き、高踏的な態度で**ヨブ**を牽制する。更に、「神の前では、わたしもあなたと同じように、土から取られたひとかけらのものに過ぎない」(33-6) と、一旦はへりくだった態度を見せるも、「神には過ちなど、決してない。全能者には不正など、決してない」(34-10) とか、「神は、人間の行いに従って報い、各々の歩みに従って与えられるのだ」(34-12) とか、「神は罪を犯すことは決してない。全能者は正義を曲げられない」(34-11) などと、いかにも尊大で、しかし陳腐な発言を繰り返す。

しかし、言っていることは、三人の友人たちの発言とほとんど変わらず、「神は**全能で正義**であり、**罪をおかしたのはヨブである**」という硬直した思い込みから、一歩も出ていない。

　何故、この段階で、**エリフ**なる人物を突如登場させ、重ね重ね聞いたような説教話を挿入したのか、サタンの代弁者なのか。

　どこかの独裁国家の元首を讃えるような、歯の浮くような賛辞を並べ立てて神を美化している。まるで「罪はヨブにある」ことを確信して説教しているようだ。しかも「**ヨブ**よ、耳を傾け、神の驚くべき御業についてよく考えよ」（37-14）とか、**ヨブ**の述べたことを、耳にしていながら「神に申し上げるべきことを、わたしに言ってみよ……」（37-19）などと更に蒸し返す始末。

　神の代理人のつもりで、「**虎の威を借る狐**」のようにしゃべりまくるが、"牛のよだれ"のごとくだらだらと長いだけで、全く説得力はない。**エリフ**が、少し前に「……あなたの訴えは、御前にある。あなたは、神を待つべきなのだ」（35-14）と述べているところは、神を引き出す前座の役割を、**エリフ**に与えているようだ。単なる「メッセンジャー・ボーイ」に過ぎないと言える。

（3-11）　主なる神の言葉

　突然、つむじ風とともに神の言葉が流れ出す。声はすれども姿を見せないのが神だ。神は**ヨブ**に腹を立てていることは確実だ。

　腹立ち紛れに肩をいからせ、回答不能な、かなり馬鹿馬鹿しい設問（38章）を高圧的に**ヨブ**に吐きだす。その一部だけでも示せば充分であろうし、口が裂けても「サタン」を持ち出すわけはいかないので、ある意味、苦し紛れの暴言のようなものである。

(イ)　「無知で空虚な言葉で、わたしの知恵に疑いを持つものはだれか」

(ロ)　「わたしが大地を据えたとき、お前はどこにいたのか。知っていたというなら、理解していることを言ってみよ」

(ハ)　「お前は一生に一度でも朝に命令し、曙に役割を指示したことがあるか」

(ニ)「光が住んでいるのはどの方向か。暗黒の住みかはどこか」
(ホ)「誰の腹から霰は出てくるのか。天から降る霜は誰が産むのか」

最初の問(イ)は、「**何をか言わん**」である。万能の神が、ヨブの訴えを聞き逃すことがあるはずがない。知らないふりをするのか。

次の問(ロ)を**ヨブ**に尋ねるのなら、その前に、神が大地を据えた時、神はどこにいたのか。まず万能の神が答えるべきではないか。

これは根本的な問題だ。神が自己を弁明できないのなら、その存在を誰しも疑うはずだ。全能の神なら説明できないはずはない。
「**ありてあるもの**（***I am that I am***）」（出エジプト：3–14）などと、とぼけた言いぐさは許されない。また、「**わたしは、始めであり終わりである**（***I am the first and the last***）」（イザヤ書：44–6）などという言い方もあるが、これもいただけない。人類にも、始めと終わりがある。地球も太陽も同様である。太陽は、あと50億年もすれば、超新星爆発で消滅する。人類がいなくなれば、神も不要になるはずである。人間あっての神に意味があり、その逆ではない。

問(ハ)も馬鹿げている。朝という時間に命令できるのか。できるとすれば、神よ、あなたは時間を止めることもできるのか。

問(ニ)は奇妙だ。光や闇の住みかを尋ねるとは。ヨブ記（38–19）には、“*Where is the way where light dwellth?...*”と書かれている（**KJV**）。上記の和訳は、あまりにも直訳的にすぎないか。
「光は、どこからくるのか。闇の原因はなにか」という訳（意訳）ならば、まだ分かりやすく、納得できるはずと思う。

ヨブ記（38–20〜41）にある設問は、自然現象や動物の行動に関するもので、どれも特に意味のあるものではない。自分にはできないことを、**ヨブ**に叩きつけているに過ぎない。神は万能という架空の前提条件で、ヨブ記の作者は書いているつもりかもしれない。『旧約聖書』の神は全能でも正義でもなく、あちこちで破綻している神にすぎない。

ヨブ記（39章）も、同じ繰り返しである。野生の鹿やロバや野牛や馬などの生態に関連する問、駝鳥や鷹や鷲などの行動などを一々列挙す

るだけではないか。何の意味もない。

　舞台は、とうとう神が正体を現し、原告のヨブと被告の神が全面対決するハイライトの場面が登場する。だが、ヨブは腰砕けの様子。「全能者と争う者よ、引き下がるのか。神を責めたてる者よ、答えるがよい」（40-2）と。ヨブ記の作者は、全く自覚する気遣いはなさそうでもあるし、『新約聖書』のエフェソ書の内容まで踏み込んでいないのだ。例えば「サタンに隙を与えてるな」（4-27）とか「悪魔の策略に対抗して立つことができるように……」（6-11）いう文言などから判断すると、『新約聖書』は、『旧約』の神を離れて「キリスト」中心へとシフトしていることがよく理解できる。

　サタンと密談した神は、そんなことは噯《おくび》にも出さずヨブに迫り、脅迫めいた言葉を次々と吐いているではないか。「お前は、わたしが定めたことを否定し、自分を無罪とするために、わたしを有罪とするのか」（40-8）。この文言はそっくり、神に返すべきである。

　サタンに「やらせ」を指示しておきながら、「サタンが自分を唆した」などと、臆面もなく口走ったのは誰か。この隙だらけの神こそ「有罪」ではないか。上記のような文章を、もっともらしくでっちあげるとは、この作者は矛盾した内容に気付いていないようだ。

　「威厳と誇りで身を飾り、栄と輝きで身を装うがよい」（40-10）という文言は、まさに神の正体を裏返したものである。

　これでもかとヨブに迫る文言の中でも、架空の神が架空の怪物を登場させてヨブを脅迫する、興味深い文章が登場する。

　「お前は、レヴィアタンを鉤にかけて引き上げ、その舌を縄で捕えて屈服させることができるか」（新共同訳：40-25、KJV：41-1）。

　現在のヘブライ語辞典では、鯨を「レヴィアタン（לִוְיָתָן）」としている。『旧約聖書』に現れる怪物の本来の意味は様々で、蛇、海獣、ドラゴン、ワニあるいはジャッカルなどと、一定していない。場面によって、様々な怪物・動物として登場してくる。

　ヨブ記（41章）には、その怪物の恐ろしさを示すため、手を替え、品を替えて、ヨブを脅す。怪物が立ち上がれば、神々もののき、取り

乱して逃げ惑い、この地上に彼を支配するものはいないなどと、大げさなことが書きこまれている。万能の神は、どこに行ったのか？

　結局神のおどろおどろしい話に負けたのか。神の背後にあるサタンの影に薄々気づいていたはずの**ヨブ**は、何故か不甲斐なく全面降伏してしまったかのようだ。

「あなたのことを、耳にしてはおりました。しかし今、<u>この目であなたを仰ぎます</u>」などと**ヨブ**は叫ぶ。まるで神に接見し、荘厳さに圧倒されて我を忘れたかのようだ。<u>虚飾の舞台装置</u>に騙されるな。

　ヨブの問に答えることもなく、神は自責の念に駆られたのか、お茶を濁すつもりか、ヨブの財産を二倍にし、息子七人と娘三人を新たにもうけたと書かれている。これで前に失われた息子や娘たちが生きて返るはずもないのに、償いをしたつもりなのか。**ヨブ**の口封じに熱心な、<u>適当な示談</u>で終わらせようとするとは、情けない神ではないか。

　ヨブ記は、結論から言えば単純な物語である。一個人の試練を取り上げて、長々しい話を続けている。神を信じる義の人・**ヨブ**の信心は尊重するにしても、その問題点は、そこから**ヨブ**が抜け出せないことにある。先にも指摘したように、神を「**自然**」に置き換えれば、わかりやすい。自然災害で、愛する家族を失った場合に、人は「**自然**」を訴えることなどできるはずはない。いつまでも悲嘆にくれてばかりいても始まらない。その苦境を乗り越えようとする、自らの姿勢が見えなければいけない。悲しみをぶつける相手では全くないものに、「訴えたり」、「呪ったり」すべきではない。ましてや、神を持ち出しても始まらないのである。

『旧約』の神は「**悔やんだり、妬んだり、怒ったり、時にやり直しをする神、頼りない神**」であり、はなはだ人間的で愛すべき身近な神ではあるが、たいした力は無いものと思うべきである。

「**神は、必要な時に水が枯れてしまう、当てにならない川と同じだ**」（エレミヤ書：15-18）と『聖書』も告白しているように、『旧約聖書』の神は、すでに「**死に体**」なのである。

「**天は自ら助くるものを助く**」（*Heaven helps those who help themselves*）

という諺が基本なのである。それ以外、誰にも有効な処方箋はない。『旧約』の神は反面教師であり、神に隠れてサタン（神と表裏一体）も共存していることを忘れてはいけない。『白鯨』を出す一年前、メルヴィルは『白いジャケット』の44章の中で、こう書いているではないか。「僕らの認識によれば、悪は偽装した善でありうるし、悪人も機をうれば善人になりうるのだ」（坂下訳）と。

　繰り返すが、詩編（8-6）：「神は僅かに劣るものとして、人を造り……」と書かれているように、神に何かを願ったら、その願いを叶えてくれるようなものではない。祈りをささげる対象として、時に心のよりどころとなる個人的な関係以外の何物でもない。「神道」の神のように、神棚に丁重に供物を捧げ、時にご挨拶するがよい。

　ヨブは、あまりに神を過大評価しすぎである。ヨブを慰めようと訪ねてきた友人達よりも神の理解は一歩前進しているが、あと一押しが足りない。親離れしない息子や娘のような状態から脱却することが先決であり、『旧約』の神とは少し距離をおくべきなのである。

　ヨブ記は、あくまでも個人的な試練・苦難の問題を扱っているに過ぎない。「**何故、私だけが苦しむのか**」という訴えには、同情できる部分はあるが、神を持ち出しても埒があかないのである。

　民族や国家などに降りかかった、数々の苦難や試練などに対して、ヨブ記の作者はどのように対処する考えなのだろうか。

『聖書』の時代ばかりではなく、歴史上「**ホロコースト**」のような、悲惨な事件は、数限りなく存在する。第二次世界大戦時における「ユダヤ人の虐殺」などは、その一例にすぎず、現代でもそのような事例は後を絶たず、地球上のあちこちに出現する。

　ヨブの個人的な試練にも回答できない神が、国家・民族あるいは世界的な規模の集団的な試練（戦争・飢餓・疫病など）に満足な回答を与えられるはずはないのだ。人類の試練は、結局人類全体が協力して解決するしかないのだ。一神教のような架空の神、独裁的で不寛容な神に不毛な期待を抱いても始まらないのだ。

　14世紀中〜後期にわたり、全ヨーロッパに広がった黒死病（ペスト）

によって、ヨーロッパの人口の三分の一が失われた。更に、20世紀初めに起きた「スペイン風邪（インフルエンザ）」の第一波〜第三波にわたる、人類史上最大規模のパンデミックでは、4000万人以上の死者を出している。2020年12月現在でも、新型コロナウイルスにより全世界は苦しみ、多数の死者を出している一方、人種差別にまで飛び火している。祈るだけの宗教では、人類は救えないし平和をもたらさない。

　今こそ宗教を見直すべき時かもしれない。グローバル化は、むしろ不毛な宗教対立を促進するだけで、宗教同士の寛容さを失っている。

（3−12）　サタンの変容

　『旧約聖書』に現れる「**サタン（satan）**」は、ヘブライ語の「שָׂטָן」の音読みである。もともと「ヨブ記」で示したように、「サタン」とは「告訴人」であり、神に命じられて「告訴する人」という設定であり、神の敵対者ではない。天使の一人でもあったのだが、天使ミカエルと戦い天から追放されたのだ。ヨハネの黙示録（12-7）には、その様子を、次のように書いている。「**さて、天に戦いが起こった。ミカエルとその使い達が、竜に戦いを挑んだのである。竜とその使い達も応戦したが、勝てなかった。そして、もはや天には彼らの居場所がなくなった。この巨大な竜、年を経た蛇、悪魔とかサタンとか呼ばれたもの、全人類を惑わす者は、投げ落とされたのである**」

　イザヤ書（14-12）にも次のような記述がある。"How art thou fallen from heaven, O Lucifer, son of the morning! How art thou **cut down to the ground**,..."（ああ、お前は天から落ちた明けの明星、曙の子よ。お前は**地に投げ落とされた**……）

　ユダヤ教の初期の考え方では、神とサタンは同じテーブルに座っていたはずであり、切り離された存在ではなかった。それが『新約聖書』になると、サタンは神から完全に分離され、神の絶対的な「敵対者」となってしまったのだ。

「サタンは悪の冷酷な手先」という解釈が定着してしまったのだ。「神とサタン」を二元論的に完全に切り離す解釈が、誤りであることに気が付かないことが、欧米キリスト教世界の悲劇の原点であり、これこそ原罪なのである。{神＝善、サタン＝悪}という図式を認めれば、キリスト教＝善、他宗教＝悪という偏見にも直結する危険性が生じる。

　一神教は優れた宗教、多神教は劣った宗教という偏見が、白人は有色人種より優れているという偏見に結び付けば、何が起こるかは歴史が教えている。

　一方、悪魔は敵対するばかりではなく「誘惑」する場合もある。

　マタイの福音書（4-1〜3）には、面白い問答が出てくる。

　さて、イエスは悪魔から誘惑を受けるため、霊に導かれて荒れ野に行かれた。そして40日間、昼も夜も断食した後、空腹を覚えられた。すると、誘惑する者が来て、イエスに言った。「神の子なら、これらの石がパンになるように命じたらどうだ」と言う。イエスの答えは「人はパンだけで生きるものではない」とある。これはまともな答えだとは思えないが、次に悪魔はイエスを都に連れて行き、イエスを神殿の屋根の端に立たせて、またもや意地悪な注文でけしかける。「神の子なら、飛び降りたらどうだ」と。

　これに対するイエスの答えも振るっている。「聖書には、あなたの神である主を試してはならないと書いてある」というのだ。これはイエス自身が、はっきりと「私は神」と主張しているような場面だ。

　十字架につけられたイエスに対して、周囲の人間たちが、「神の子なら、自分を救ってみろ。そして十字架から降りて来い」と罵倒した場面を思い出す（マタイ：27-40）。

　イエスはペテロのことも「サタン」と呼んでいる。マタイの福音書（16-23）によると、次のような言葉をイエスはパウロに吐きだす。「サタン、引き下がれ。お前はわたしの邪魔をする者。神のことを思わず、人間のことを思っている」と。

　更に、ヨハネの福音書（8-44）になると、ユダヤ人指導者に向かって「お前たちは、**悪魔である父**から出た者であって、その父の欲望を満た

したいと思っている」と激しい怒りをぶつけている。

　このような主張が、果たして正当なのだろうか。何を基準にして、相手を悪魔とよぶのだろうか。自らが信じる神に対して否定的な態度をとる相手を「敵」と決めつけるとなると、結局「異端者」を作り上げる思考に陥ってしまうだろう。宗教的人間は、ともすれば自分の信仰を絶対的と考える傾向はある。宗教的他者を、より劣った下位の人間と見なす危険性が常に付きまとうのだ。そうなると、そのような宗教の普遍性は必然的に損なわれるということに気が付かなくなる。

　境界（縄張り）を作る宗教は、必ず対立を生む。一神教では、どんな宗教であっても境界という垣根を越えることはできないと思う。

　何故なら、縄張りを作ることは、時に暴力性を引き起こす元凶でもありうる。どこかで、相互に対立して争う要因を内蔵しているのだ。

　キリスト教徒が、仏教や神道を理解すること、またその逆もありえるけれど、多くの宗教間の相互理解がいくら重要と言っても、その境界を越えることは、そう簡単なことではないと思う。

　遠藤周作の『深い河』の中で、フランスの修道院の神学生「大津」が神父との対話で苦悶する場面が登場する。

　「神学校の中で僕が一番批判を受けたのは、僕の無意識に潜んでいる、彼等から見て汎神論的な感覚でした。日本人として、自然の大きな命を軽視することに耐えられません。いくら明晰で論理的でも、このヨーロッパのキリスト教の中には、**生命に序列**があります。

　“よく見れば、なずな花咲く垣根かな”は、ここの人々には理解できないでしょう」というのだ。はたしてどうなのだろうか？

　（上の俳句は、松尾芭蕉43歳の作で、万物は時をえて自得すること）[5]

　創世記（1-26）で、「**我々にかたどり、我々に似せて、人を造ろう。そして海の魚、空の鳥、家畜、地の獣、地を這うものすべてを支配させよう**」と神が言われた言葉が、すべてなのか？

　そもそも、この前提が大いなる誤謬であり、罪の原点なのである。

　『旧約』の中でも特異な「コヘレトの言葉」（3-18〜19）の意味を、彼等は理解していない。そこに書かれた文章に注目すべきである。

「神が人間を試されるのは、人間に、<u>自分も動物に過ぎない</u>ということを見極めさせるためだ、と。人間に臨むことは動物にも臨み、これも死に、あれも死ぬ。同じ霊をもっているにすぎず、<u>人間は動物に何らまさるところはない</u>」と言っているではないか。

　この文章は、動物についてだけ触れているけれども、生命に序列はないことは理解できるはずなのだ。<u>『聖書』読みの『聖書』知らず</u>？

　さりげない“もの”や“こと”に喜びや感動、価値を見出す日本的感性に、もう一つ「良寛」の句を加えておきたい。

　　“裏を見せ表を見せて散るもみじ”

　しかし、日本の文化になじみのない欧米の神学生にはやはり無理かもしれない。それでは、**何故、大津は反論しなかったのだろうか？**
「コヘレトの言葉」に気が付いていなかったのか？　大津の代弁者である遠藤周作は「コヘレトの言葉」を読んでいなかったとは考えられないのだが。

　神学生・大津の日本人的感覚は、キリスト教に違和感を覚えている証拠だ。彼は、修道院で三人の先輩に「お前にとって、神とは何なのだ？」と問われた時、次のように答えている。

「神とは、あなたたちのように、人間の外にあって仰ぎ見るものではないと思います。それは、<u>人間のなかにあって</u>、しかも<u>人間を包み樹を包み、草花をも包む</u>、あの大きな命です」と。

　遠藤周作自身も、カトリックと日本的宗教のはざまで、悩んでいた証だと思うが、棄教はできなかったのかもしれない。

「神は沈黙している」という言い訳を口走ること自体、「神の不在」を認めたことにほかならないのだ。

　大津の上記の言葉は、日本的「霊性」を認める神道ばかりでなく「山川草木悉皆成仏」を唱える仏教思想とも重なってくるのである。

「<u>世界と人生に外側から意味を与える超越神は必要としない</u>」[6]のだ。

　神道も仏教も、元来上からの目線で強制し、支配する宗教ではない。特に日本固有ともいえる神道は、八百万（やおよろず）の神々を受け入れる寛容な宗教である。極端な言い方をすれば、キリスト教の神とは、八百万分の一

の神であり、その他大勢の神に過ぎないのだ。

　神道はあらゆる神々を飲み込む「蟒蛇(うわばみ)」のようでもあり「ブラックホール」のような宗教でもある。

　明治維新以後、信仰の自由が認められた時には、欧米から多数の宣教師が訪れて布教活動が活発になったけれども、現在まで日本人のクリスチャンは一向に増えていないのが現実である。

　そもそも一神教とは「垂直志向」の宗教であり、神道や仏教は「水平志向」の宗教であるとも考えられるのである。

　宗派はあっても緩やかで、各人が抱く神や仏は多様であって、多くの神々や仏の居場所は融通無碍なのである。自分自身もはっきり認識することもなく、説明もできないかもしれない。

　すこぶる「**主観的多神教**」とも言えるが、異教徒を排斥する傾向は非常に少ないと考えられる。

　各々の家の神棚や仏壇は、似ているけれども少し違うし、その違いは先祖伝来引き継がれている程度のものなのだ。

　日本人は、何気なく「**自らの神をインストール**」しているのかも知れない。

▌ 第三章　参考図書

１）Andrew Delbanco, “*Melville, His World and Work*” (Vintage, 2006)

２）Angus Maddison, “*The World Economy*” (OECD, 2006)

３）ウルリッヒ・ベック（鈴木直訳）『〈私〉だけの神』（岩波書店、2011）

４）遠藤周作『深い河』（講談社、2001）

５）日本古典文学全集『松尾芭蕉集』（小学館、1985）

６）見田宗介『現代日本の精神構造』（弘文堂、1965）

７）鎌田東二『神と仏の精神史』（春秋社、2000）

白鯨における白の思想

北極熊の毛は「白く見える」ことは確かだが、実際の毛は
白くはない。透明な中空の糸のようなもので、光の反射で
白く見えるに過ぎない。しかも、その毛の下の皮膚は黒い。

"あなたたち偽善者は不幸だ。白く塗った墓に似ているからだ。
外側は美しく見えるが内側は死者の骨や汚れで満ちている"

（マタイによる福音書：23-27）

（4－1）　白く輝くイエス

　マタイによる福音書（17章1〜2）に興味深い記述がある。それは、「イエスが死と復活を予告した」数日後の出来事である。イエスは、ペテロ、それにヤコブとその兄弟ヨハネだけを連れて、高い山に登られた時、イエスの姿が彼らの目前で急に変わり、顔は太陽のように輝き、服は光のように白くなった（新共同訳）と書かれている。マルコ伝（9章2〜3）やルカ伝（9章28〜29）にも同様な文言が記されている。「真っ白に輝く服」という印象的な表現を、メルヴィルは当然ながら、頭に入れていたはずで、「雪色に輝くキリスト」を、「白い鯨」のイメージに重ねていたかもしれない。彼にとっては、「鯨」は白くなければならない対象であったはずなのである。

　十字架を背負って昇天する「キリスト」になぞらえて、「鯨の上で殉死するエイハブ船長」をイメージしながら、『白鯨』を書き上げたものと想像する。

　彼にとっては「ヨブの鯨」、即ち克服すべき対象としての「悪魔」、即ち「レヴィアタン」を心の奥底におきながら、キリストのような「復活」は全く念頭になく、晩年の長編物語詩「クラレル（Clarel）」[1a] のエピローグの後半には次のような文章が書き記されている。

　"Emerge thou mayst from the last whelming sea, and prove that death but routs life into victory"

　手短に意訳すれば、「死を突き抜けて勝利せよ」という魂の叫びのような発言であるが、メルヴィルにとっては「神を超越する殉死」が、彼の目的であり、テーマなのである。その超越すべき「神」とは、『旧約』の「神＝サタン」であり、『新約』のキリストでもある。仇敵としての白鯨とは、まさにその象徴といえる存在なのである。

　メルヴィルの主要作品一覧（一章参照）に提示したように、彼の作品のテーマは首尾一貫しており、その魂の振り子は「死」と「虚無」に傾いている。

『白鯨』の前に書かれた『白いジャケット』の「白」も、その作品に登場する「白鮫」も、更に『白鯨』の前奏曲とも言うべき『マーディ』に登場する「白鮫」も共に「死」がその隠喩となっている。

白川静著『字統』をひも解くと、「白」とは「白骨化した頭、風雨にさらされて白骨になった"されこうべ"」であるとの説明があるように、世の東西を問わず人間の思考感覚は共通していると思う。

ニューヨーク市の北部にあるブロンクス地区の墓地には、早世した長男マルコムの墓と並んでメルヴィルは埋葬されている。その「墓」の墓標は非常に象徴的である。そこには何も書かれておらず、まるで「白紙」で提出した答案のように、人生の白い風景を暗示している。

メルヴィルの作品からは、そこはかとなく、彼の無常観が伝わってくる。『方丈記』を書いた鴨長明は、二十歳ごろ父親の早い死のために、その後の人生が暗転したように、十三歳で父親を亡くし、人生の荒れ野に放り出されてしまったメルヴィルは、まさに孤独なイシュマエルそのものなのである。彼は好き好んで海を選択したわけではない。生きるために、やむなく選んだ過酷な道、それが海である。

もし順風満帆で満ち足りた人生を送っていたなら、『白鯨』のような作品は生まれなかったはずである。最初に出版した『タイピー』や第二の作品『オムー』では、一瞬の幸せが舞い降りたかも知れない。しかし、彼の魂はそれで満たされたわけではなく、深淵な魂のクレバスが、大きく口を広げていた。

『白鯨』の前座ともなる『マーディ』は、完全な失敗作とも言われ、かなりの悪評をかってはいたが、彼の満たされない魂の叫びは、すでに始まっていたのだ。

『マーディ』の185章「最後の夜（*L'ultima sera*）」には、「伝道の書（*Ecclesiastes*）」にも見える虚無感が大きく口をあけており、次のような文言が書かれているので、その原文の一部分を紹介したい。[2] この章だけ「イタリア語」のタイトルを使用しているのには、メルヴィル特有の暗示がうかがえる。"*L'ulitima sera*"には、「死」という意味も隠されているのだ。

「Why live? Life is wearisome to all: the same dull round. Day and night, summer and winter, round about us revolving for aye」（何故生きるのだ。人生は誰にも退屈なもの。退屈の繰り返し。昼も夜も、夏も冬も、我々の回りを永遠に回転している……）

（4−2）　エイハブ船長登場

　ついにエイハブ船長が甲板に姿を現す。「フラスク、船長に気をつけろよ、卵の中の小鳥が殻を破ろうとしているところだ。いまに飛び出すぜ」（田中訳：36章）とスタッブがささやいた。

　日没に近いころ、船長は、「全員を船尾に上がらせろ」と一等航海士のスターバックに命令を出す。緊急の場合以外、決して聞くことのない命令だ。いぶかしげに集まった乗組員の前で、高揚した船長の鋭い視線と声が飛ぶ。乗組員と唐突な会話の遣り取りをしながら、全員の意識を徐々に盛り上げたあと、とっておきの切り札を示す。

「マストの見張りをしたものは、前にわしが白鯨のことで、命令したことを覚えているだろう。ほら、この**スペイン金貨**が見えるか？」と大きなピカピカする金貨を太陽にかざしてみせる。「16ドル金貨だ、**ダブルーン**だ。見えるか」と声を張り上げてしきりにアジる。

「誰でもよい。額に皺があって、顎の曲がった<u>白い頭の鯨を見つけてくれた奴には、……尻尾の右側に三つの穴のあいた白頭を見つけたやつには、この金貨をくれてやるぞ！</u>」（田中訳）と叫ぶ。

　原書では一オンス金貨と書いてあるので、現在の貨幣価値に換算すれば、10万円は下らない価格だ。乗組員の士気は大いに上がり、興奮したエイハブは更に続ける。

「白鯨だ、いいか、白い鯨だぞ。目を皿にして、あいつを探せ。水が白くなっておらぬか、よく見るのだぞ。泡粒ほどでも白かったら、合図をせよ」と。

　銛打ちの一人タシュテゴは、「その白鯨って、モビー・ディックとち

がいますか」と尋ねる。ダグーも話を続けて「船長さん、そいつは馬鹿でかい抹香鯨で、えらいすばしこい奴ではないですか」と。

エイハブ船長の高揚が更に増大する中、スターバックが追い打ちをかけ、過去の記憶を呼び覚ます。「エイハブ船長、あなたの脚を食いちぎったのは、そのモビー・ディックではないのですか」と。

船長は叫ぶ、「そうだとも、おれの体をこんな風に切り詰めて、死んだも同然の哀れな水夫にしたのは、あの罰当たりの白鯨だ。そう、おれは喜望峰であろうとどこであろうと、いや地獄の果てまでも奴を追いつめ、決してあきらめないぞ。おい、お前たちもそのためにこの船に乗っているのだ。どうだ、皆、俺に手を貸す気はあるか」と絶叫して涙ぐむ。「そうだ、そうだ」と、興奮した銛打ちや水夫たちも、エイハブ船長を取り囲む。「白鯨を見逃すな、モビー・ディックを突き殺せ！」と叫ぶ。感激したエイハブ船長は、皆に酒を振る舞う。スターバックだけが浮かぬ顔をしている。目ざとく船長がスターバックを問い詰める。「おぬしは、白鯨を追うのはいやか？　モビー・ディックと勝負する気はないのか？」と。

スターバックは反論する。「私は、鯨を捕りにきたので、船長の仇討の手伝いに来たのではありません、物も言わぬ相手に恨みを持つとは、気違い沙汰ですよ。罰当たりですよ」と。

スターバックの反論は、まことに常識的で理にかなってはいるが、エイハブ船長の思考の源は、全く別の所にあるのだ。「すべて目に見える物とは、ボール紙の仮面にすぎぬ。その道理に合わない仮面の背後には、正体はわからぬが、道筋にかなったものが表に現れてくるのだ。その壁は破らねばならない。白鯨こそ、その大きな壁なのだ。底知れぬ邪悪な壁がのしかかってくるのだ。白鯨がその邪悪なものの使いであろうと、または本体であろうと、その憎しみを晴らしたいのだ」と。

エイハブ船長の怒りと憎しみの対象とは一体何なのだろうか。それは、ヨブ記の中に顔を出す「**妬みの神**」であり「**サタン**」でもある。

ヨブは神に屈服したが、エイハブ船長は、それに敢然と戦いを挑む。

（4－3）　モビー・ディック

　モビー・ディックとは一体何者なのか。一章で述べたように、「**どえ
らく大きい奴**」なのだ。メルヴィルの『白鯨』のモデルとなった鯨は、
1810年より少し前にチリ沖にあるモカ（mocha：スペイン語でモチャ）
島の近くで目撃され、最終的（1838年）には20本もの銛が打ち込ま
れていた、あの**アルビノ**と見なされる巨大な抹香鯨「**モカ・ディック**
（*Mocha・Dick*）」である。[3)] 約30年もの間に数多くの衝突事件の報告が
あり、驚異的に生きながらえていた鯨である。

　チリ沖ばかりでなく、ペルー沖やその他あちこちで目撃され、長いこ
と捕鯨者仲間の恐怖の的となっており、羊毛のように白く獰猛な鯨の伝
説は、巷に知れわたっていた。

『白鯨』を書き上げる直接の動機は、1841年1月3日、メルヴィル
が21歳の時、ボストン郊外のフェアヘヴン港から、捕鯨船「アクシュ
ネット号」に歩合175分の1の水夫として乗り組んだ時から始まる。

　航海の途中、「アクシュネット号」は、ナンタケットの捕鯨船「リマ
号」に出会う。その交歓会の席上、1820年11月20日、赤道に近い太平
洋の漁場で怒り狂った抹香鯨に二度も激突されて沈没した悲劇の捕鯨船
「**エセックス号**」の一等航海士であったオーウェン・チェイスの息子が
乗り合わせていた。直接生々しい情報を聞き出すとともに、彼の父親の
遭難記録を借り受け、その驚異の実話に多大の感銘を受けたといわれて
いる。

　白い抹香鯨「**モカ・ディック**」と悲劇の捕鯨船「**エセックス号**」[4)] と
は、共にメルヴィルの『白鯨』にとって格好の教材を与えたことにな
る。メルヴィルの生まれる12年前（1807年）にも、ナンタケットの捕
鯨船「**ユニオン号**」が、パタゴニア沖で大きな抹香鯨と衝突して沈没
し、三艇のボートに分乗し八日間漂流後、フローレンス島に上陸し救助
された事件もあった。

　上記の事件は、鯨との偶然の衝突事故であったが、悲惨な「**エセック**

ス号」の遭難事故の30年後にも、「**アン・アレグザンダー号**」の遭難事故が起きており、その沈没状況は「エセックス号」事件ときわめてよく似ている。巨大な雄の抹香鯨を捕り損ねたために、逆襲を食らって船を破壊され漂流したが、幸運にも二日後、捕鯨船「ナンタケット号」に救助されている。[5]

　白い鯨の捕獲や単なる目撃情報は、上記以外にもかなり知られていたが、捕鯨船にまつわる事件は、鯨に限ったことではない。海難事故は非常に多く、記録に残っているものは氷山の一角に過ぎない。

　また、乗組員の反乱や脱走、土着民とのトラブルや戦闘などもかなり知られており、捕鯨船の航海には、想像を絶する過酷な運命が待ち受けていたと想像される。

（4－4）　白の隠された意味

　メルヴィルが『白鯨』を書き上げるのに、参考にした書物の一つとして、エドガー・アラン・ポーの『ナンタケット島出身のアーサー・ゴードン・ピムの物語』（東京創元社、1983）が知られている。

　その第一章の「わたしの名は、アーサー・ゴードン・ピムという……」という出だしを、メルヴィルが真似したかどうかは別にして、その本の最後部（270頁）に、ツアラル島の住民の「白に対する恐怖」について、次のような説明がある。

「テケリ・リーというのは、ジェイン・ガイ号の船長が海で拾い上げておいた例の白い動物の死骸をツアラル島の土人たちが初めて見た時に怖がってあげた叫び声であった。これはまた、捕虜にしたあのツアラル島の土人が、ピム氏の持っていた白い布地に触れた時に、身震いしながらたてた叫び声でもあった。更に、あの南方の水蒸気の白い幕から飛び出してきた、飛び方が速くて白い巨大な鳥の鳴き声でもあった」と。

『白鯨』の42章で、イシュマエルは白鯨について、次のように述懐している。「何にもまして私をギョッとさせたのは、実はあの鯨の白さな

のだ。だが、どうしたら自分自身、それを説明できるだろうか。少々曖昧で行き当たりばったりのやりかたになろうと、その説明を省くわけにはいかない。でなければ、この本のすべての章が無用なものになってしまうだろうからだ」と。

　その意味でも、42章は「白鯨」を理解する上で実に重要な座標を占めていることになる。イシュマエルは白の二面性について、その明るい面と暗い面に分け、多くの文献を引用しながら詳しい説明を加えている。その上作者自身も、この章に詳しい脚注を挙げて詳述しているので、長い訳文をそのまま紹介するよりも、まずは「白の明るい面」について、その要点を以下の一覧表にまとめてみた（参考：田中訳）。

　なぜなら、多くの読者にとっては、白には「美的で清楚・優雅な面と神聖な側面」も含まれていることなどは、ほとんど常識的な見解に違いないと考えられるからである。我々の身の回りには、自然物としての動物・植物・鉱物の中に見られる美しい「白さ」や、自然現象の中にしばしば発現する、巧まざる「白さ」などは、身の回りにいくらでも観察されると思う。

白い物の具体例	明るい面の解説（42章）
①鉱物・植物 大理石、白い貝殻、白い石、真珠、椿	大理石・椿・真珠などのように、白さは気品を高めて美しさを増し、それに備わる得難い美質を輝かす。多くの民族はこの色を何らかの形で高貴なものとして認める。アメリカインディアンは白い貝殻の帯を最高の名誉とする。 ローマ人は白い石は歓喜の色、祝祭日を表す。
②動物 白象、白馬、白犬、白い牡牛、白色人種	純白の象はシャム（タイ）王の王旗。ハノーバーの国旗は雪白の軍馬。イロコイ族は白犬を祭祀の犠牲に捧げる。大ジュピターは雪白の牡牛に変身する。白色人種は、黒人種に対して観念上の優位を与える（？）

③白衣	司祭の神聖な衣服の一部に「白」という意味の言葉を用い、制服の下着にアルバやチュニカを着用する。白色は特に、主の受難を讃える意味で、罪からあがなわれた者達に白衣が与えられる。白は神の完全無欠な力の象徴。 ［ヨハネの黙示録（4章4節）"24人の長老、白き衣を纏う"］
④白色の炎	ペルシャの拝火教徒は、祭壇に燃える白い炎を神聖なものと見なす。

　この白の美しさや気品などの明るい側面を考慮すれば、エイハブ船長の意識する「白さ」の概念との対比が鮮明に浮かび上がり、船長の心理状態が、より明確に把握できるかと思われる。

　上記の表②の中で、メルヴィルは気になることを書いている。美的な象徴としての白象や白馬などと並べて、「白色人種の優位性」という見解を披露しているのである。美的センスと色の優位性とは、全く異質のものであるはずではないのか。

『白鯨』の3章の中でイシュマエルは異教徒で白人ではないココヴォコ島生まれの「クイークエグ」が心の友になった喜びを述べていたはずが、ここではメルヴィルの本心が思わず噴出したのだろうか。

「白色」に関連して浮かび上がる様々な連想を積み上げてきたものの、この白という概念の内には、何かしら把握しがたいものが潜んでいるのではないかと、イシュマエル（メルヴィル）は言う。

「この捉えがたいものこそが、我々がこの白の観念を温和な連想から切りはなし、それ自体が恐ろしいものと結びついた時に、その恐ろしさをこの上なく高めるのである」（高村訳）と。

　メルヴィルは白の恐怖感について、何故か一部を脚注として小文字で解説を書き加えている。本文のイシュマエルの見解の一環としてではなく、突然メルヴィル本人の所見を加えているのだ。

　とにかく、「この章は特に重要だ、この章なしでは他の章は無価値だ」

と宣言していることを考えると、若干物足りない部分は残る。

　そこで、先の「白の明るい面」と対照的な「白の暗い面」に焦点をあて、イシュマエルの見解とメルヴィル本人の所見を合わせ、その記述に従って、要点を一覧表として以下にまとめておきたい。紙の裏表のように、白という色の二面性は切り離せるわけではない。

白い恐怖	暗い面の解説（42章）
①白熊と白鮫	○極地の白熊や熱帯の白鮫を見よ。彼らのふわふわした白さ以外に、彼らをあんなに超絶的な怖さにするものがあろうか。あの幽霊のような白色こそ……ぞっとするような荒々しさをあたえるのだ。 　その白さが無かったら、あれほどの強い恐怖感を我々に与えないであろう。白鮫の白く黙した死のような静けさとその習性の死のような寂寞さを表すのに、フランス人は鮫を"ルカン（*Requin*）"と名づけているが、それが転じて死者のミサや鎮魂曲はレクイエム（*Requiem*）となったのだ。
②アホウドリ	○あの白い幻が人々の想像を駆け巡る時、霊的な驚異と青白い恐怖は、一体どこから来るのか。あの鳥の魔力の秘密は、その亡霊のような叫び声とその驚くべき白さの中にあるのだ。
③大草原の白馬	○インディアン伝説の中でも有名な、この白馬は、大きな目、小さな顔。聳える胸、その昂然とあたりを睥睨する英姿は、千の王者をあわせたような、堂々たる乳色の駒である。この馬に神的な輝きを与えたのは、霊的な白さであり、同時に崇敬の念とある種の恐怖感を与え、その雄姿は勇敢なインディアンですら身震いするほどの畏怖の対象であった。

④蒼ざめた馬	○すべての人々に共通で、先祖代々からの経験の中でも、死者の相貌は見る者を悄然とさせるが、それは、大理石のような蒼白さである。その死者の蒼白さは、この世とあの世の恐怖と戦慄を共に表し、経帷子の色を想起させるのである。 （参考）ヨハネの黙示録（6-8）：「見よ、<u>青白い馬が現れ、乗っている者の名は"死"</u>といい、これに<u>陰府</u>が従った」
⑤白日節 白托鉢僧 白尼僧	○一般に、白衣の日曜日（聖霊降臨日）と呼ばれるが、復活祭後の50日目の、その日の特殊な性質をボンヤリとしか知らなくとも、<u>白日節</u>と聞いただけで、新雪に包まれた白衣をまとった巡礼の物悲しげな長い列を連想させる。また、アメリカ中部の無学な新教徒に、<u>白托鉢僧</u>や<u>白尼僧</u>などとささやいただけで、心に「盲目の姿」が浮かび上がる。
⑥白い山脈	○ニュー・ハンプシャーの白い山脈、その名前を言うだけでも妙な気分が起こる、あの巨大な鬼気が。
⑦白い現象	○天の川の白い深淵を眺めるとき、宇宙の絶望的な空虚と広漠さが影のごとく心に広がり、背筋に深く虚無が突き刺さる。それは、この色の捉えどころの無さのためか。その本質において白は白でなく無色のものを見た状態であり、同時にすべての色が凝集した状態だ。広々とした雪景色は、無言の空白、<u>無色にして全色</u>な無神の思想がある。

　上記のような「白色」の二面性に関する、メルヴィルの見解としては、その色自体に内在する性質ではなく、外から与えられた定義のようなものであるという理解は正しいと言える。

　白色に限らずどんな色でも、それ相応の感覚として、プラス面とマイナス面が存在することは確かであり、西洋であろうと東洋であろうとそんなに差があるとも思えない。メルヴィルが述べている、様々な観点からの指摘は、文化や歴史、宗教、地理などの違いを考慮しても、理解不能の部分はないと思う。但し、メルヴィルは白に関する視覚の問題を議論していながら、途中で嗅覚の問題を挿入している場面が見うけられるが、これは明らかな脱線である。

「白」の肯定的な面のキーワードをあげれば、「純粋」「純潔」「無実」「清潔」「平等」「完全」「公正」「新鮮」などの用語が浮かび上がる一方、「白」の否定的なキーワードとしては、「殺風景」「厳格」「荒涼」「空虚」「不毛」「孤立」などの用語があげられるかもしれない。

「白色」に関する人々の心理は十人十色であり、異なる時間や空間においては、かなりの多様性に彩られているはずである。

　個人の心理状態の振幅は絶えず変化するが、『白鯨』を含めて「白」への執着や嫌悪に溢れているのがメルヴィルであり、荒涼とした白い人生の空虚感を振り切ろうとしても払えない、果てしない虚無の空間が広がっている。

　最近の色彩心理学6) によると、白色や灰色、黒色に嗜好反応を示す人ほど不安や動揺に悩む場合が多く、白に関しては「**抑鬱症**」の傾向が多分に見られるという。

　十字架上のキリストは「**エリ、エリ、レマ、サバクタニ**」（わが神、わが神、なぜわたしをお見捨てになったのですか）と叫んだのに対して、「エイハブ船長」の無言の叫びは、メルヴィル本人の内なる魂に共鳴し、沈黙する神を超越しようとする強い意志の響きがある。

　母の属するカルヴィン系の宗派の牧師に洗礼を受け、子供のころから『聖書』に親しみ、その影響を強く受けていたはずのメルヴィルであったが、苦難の連続の人生航路において安住すべき港がどこにも見えず、新たな旅を求めてさまよう巡礼の旅人のように、終着駅の見えない作品を生み出していった。晩年に書かれた長編物語詩である作品『クラレル』の中でもメルヴィルは厳しく神に反発する。

　すでに指摘したように、死の直前のキリストの叫びをメルヴィルはとがめる。「**頼りにならない神**」に文句を言うとは何事かという彼の嘲りが聞こえる。「神の子なら、自分を救ってみよ、奇跡を起こしてみろ」（マタイ伝：27-40〜43）という聴衆の気持をメルヴィルは共有しているのだ。

　イギリスの植民地から独立した当時のアメリカにあってキリスト教中心の白人社会の中にいても、自らの存在感を見いだせないまま、絶望的

な環境に身を置く自分を揶揄していたのかもしれない。

「雪の下から顔をだすクロッカスのように」とか「深みから浮かび上がる泳ぎ手のように」という譬えをあげつつ、「死を突き抜けて、勝利せよ」という檄を飛ばしている。

　メルヴィルにとっての「白」は、実に暗く「死」の影がまつわり付いて離れないのである。

『聖書』の中に現れる「白」は、それほど暗いものではないが、『旧約聖書』と『新約聖書』の「白」には、かなり違いがあるので、その視点の違いを以下に比較しておきたい。

白いもの	○『旧約聖書』における「白」
(1) 白い歯	彼の目はブドウ酒によって輝き、歯は乳によって白くなる。　　　　　　　　　　　　　　　　　　（創世記：49-12）
(2) 皮膚病	祭司はその人の皮膚の患部を調べる。患部の毛が白くなっており、症状が皮下組織に深く及んでいるならば、それは重い皮膚病である。祭司は、調べた後その人に「あなたは汚れている」と言い渡す。しかし、皮膚の疱疹が白くて症状が皮下組織に深く及んではおらず、患部の毛も白くなっていなければ、祭司は患者を一週間隔離する。　　　　　　　　　　　　　　　　　　（レビ記：13-3～4）
(3) 雪より白く	ヒソプの枝でわたしの罪を払ってください、わたしが清くなるように。わたしを洗ってください。雪よりも白くなるように。　　　　　　　　　　　　　　　　（詩編：51-9）
(4) 雪のように	たとえ、お前たちの罪が緋のようでも、雪のように白くなることができる。たとえ、紅のようであっても羊のようになることができる。　　　　　　　　（イザヤ書：1-18）
(5) 白衣と白髪	「日の老いたる者」がそこに座した。その衣は雪のように白く、その白髪は清らかな羊の毛のようであった。　　　　　　　　　　　　　　　　（ダニエル書：7-9）

(6) 白い馬	その中の黒い馬は北の国に向かって出ていき、白い馬は西の方に出ていき、まだらの馬は南の国に向かって出ていく。　　　　　　　　　　　　　　　（ゼカリア書：6–6)
白いもの	○『新約聖書』における「白」
(1) 白い服	イエスの姿が彼らの目の前で変わり、顔は太陽のように輝き、服は光のように白くなった。　　　　　　（マタイ伝：17–2)
(2) 白い墓	律法学者たちとファリサイ派の人々、あなたたち偽善者は不幸だ。白く塗った墓に似ているからだ。外側は美しく見えるが、内側は死者の骨やあらゆる汚れで満ち溢れている。　　　　　　　　　　　　　　　（マタイ伝：23–27)
(3) 白衣	墓の中に入ると、白い長い衣を着た若者が右手に座っているのが見えたので、婦人たちはひどく驚いた。　　　　　　　　　　　　　　　　　　　　　（マルコ伝：16–5)
(4) 白い壁	パウロが大司祭に向かって言った。「白く塗った壁よ、神があなたをお打ちになる。あなたは律法に従ってわたしを裁くためにそこに座っていながら、律法に背いて、わたしを打てと命令するのですか」　　（使徒言行録：23–3)
(5) 白い髪	……その髪の毛は、白い羊毛に似て、雪のように白く……　　　　　　　　　　　　　　　　（ヨハネの黙示録：1–14)
(6) 白い玉座	わたしはまた、大きな白い玉座と、そこに座っておられる方とを見た。天も地も、その玉座から逃げていき、行方が分からなくなった。　　　　（ヨハネの黙示録：20–11)

「白いもの」に関する文言は、『旧約聖書』全体で40件ほど見出されるが、とりわけレビ記の出現頻度が高い。祭司の書ともいわれるレビ記は、そもそも法規を集めた文書であるので当然かもしれない。

　代表的な具体例6件を表中に例示したが、(2)の皮膚病に関する文章は、全体の半分にも達する。

　レビ記の根本原則は、19章の2節に「あなたたちは聖なる者となりなさい。あなたたちの神、主であるわたしは聖なる者である」とあるよ

うに、聖所や宿営所の規定として、「聖なるもの」と「汚れたもの」が接触することを極度に警戒している。

　病気にかかった場合、患者は症状が消えてからでも一定期間が過ぎないと神殿にはいることは禁止されていたのである。

　伝染性の皮膚病は、特別に畏れられていたのだ。

　(3)の「ヒソプで身を払う」という行為は、神道における「榊でお祓い」をする行為とよく似ていると思う。

　(5)にかかれている「ダニエルの夢」の中の「**日の老いたる者**」とは、メルヴィルが夢見るという「原初的な神」を持ち出す説[7]があるが、メルヴィルの描く神が、『旧約聖書』の神とは別物だという考えなら同感できる。

『新約聖書』の場合、「白」に関する文書としては、全部で26件見いだされるが、そのうちの17件は「ヨハネの黙示録」の中に述べられているものである。黙示録はキリストの再臨を示唆する「ヨハネに対するキリストの啓示の書」と言われているので、「白い服」「白い馬」「白い雲」などという表現には、すべて聖なる者への熱い期待が込められていると思う。

　一方、表(2)にある「白い墓」に関する文言を読むと、明らかに「白の二面性」について語っているのが分かる。

　表題に示した「マタイによる福音書」にも書いてあるように、「白く塗った墓」を引き合いに出し、白の美しさは外見だけで、その内側は汚れているのだと偽善者たちを揶揄している。

　人間と動物の生態を比較するのは適切でないかも知れないが、たとえ話として「北極熊の白さ」に触れておきたい。「北極熊」の毛は「白く見える」ことは確かだが、実際の毛は白くはないのだ。透明な中空の糸のようなもので、光の反射で白くみえるに過ぎない。しかも、その毛の下の皮膚は黒いのである。動物園などで飼育された場合、「北極熊」の毛は、緑色に変色することもあるのだ。

　結局、人間は外見で騙されやすい動物であるということなのだ。

第四章　参考図書

1) a) The Writings of Herman Melville, vol. 12: *Clarel* (The Northwestern Newberry ed. 1991)

　　b) ハーマン・メルヴィル（須山静夫訳）『クラレル — 聖地における詩と巡礼 —』（南雲堂、1999）

2) The Writings of Herman Melville, vol. 3: *Mardi and a Voyage Thither* (The Northwestern Newberry ed. 1970)

3) J. N. Reynolds, *Mocha Dick or The White Whale of The Pacific* (SicPress, 2013)

4) N. Philbrick, *In the HEART of the SEA: The Tragedy of the Whaleship ESSEX* (Penguin Books, 2000)

5) a) Eric Jay Dolin, *Leviathan: The History of Whaling in America* (W. W. Norton & Company, 2007)

　　b) エリック・ジェイ・ドリン（北條正司、松吉明子、櫻井敬人訳）『クジラとアメリカ：アメリカ捕鯨全史』（原書房、2014）

6) フェイバー・ビレン（佐藤邦夫訳）『ビレン色彩心理学と色彩療法』（青娥書房、2009）

7) チャールズ・オールソン（島田太郎訳）『わが名はイシュメイル』（開文社出版、2014）

白鯨の追跡とピークオッド号の交流

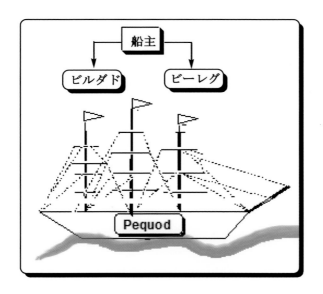

　神が人間を試されるのは、人間に自分も動物にすぎないということを示すためだ、と。人間に臨むことは動物にも臨み、これも死に、あれも死ぬ。同じ霊をもっているにすぎず、人間は動物に何らまさるところはない（……）すべては、ひとつの所に行く。すべては、塵である。そして、再び塵に戻る。

（コヘレトの言葉：3–18～20）

（5－1）　鯨に関するメルヴィルの心象風景

　メルヴィルは、伝道の書（コヘレトの言葉）を愛読している。そこには、東洋的な「無常観」も溢れている。エイハブ船長の心境を代弁するとすれば、「この海は、いつか来た海。そうだ！　40年間も暮らした海なのだ。だから自分の居場所は、そして自分の眠る場所は海しかない」と。彼の目的地は、明確である。鯨に左脚を食いちぎられ片輪になったのは、"日本の沖"なのだ。そこに進むしかない。

　87章以降、日本は7回も登場する。何が何でも、その海域へ突進するのだ。エイハブ船長の心の風景は、徐々に変貌し、敵対相手となる鯨の姿は少しずつ強化され、彼の意識は更に高まっていく。

　イシュマエルは、28章で、初めて垣間見るエイハブ船長のことを背が高く、恰幅の良い、青銅で造られた「ペルセウスの像」のようだと述べていた。

　また82章では、更に踏み込んでゼウスの息子であった「ペルセウス」が、「最初の鯨取り」であったとし、「ペルセウス・アンドロメダ型神話」というギリシャ神話にも言及していく。

　カシオペアの美しい娘・アンドロメダが巨大な海の怪物に連れ去られようとしていた時、ペルセウスが銛の一撃で怪物を倒し、乙女を救出する物語である。この海の怪獣が、一体何であるかの解釈は、『聖書』などでも様々であり、広範な解釈が出されていることは、本書第一章ですでに議論した。

　メルヴィルは、上記の物語に関しては、諸説あるものの、はっきりと「わたしは、その怪物が鯨だった」と主張したいと述べている。

　加えて、「汝は水の獅子のごとく、海の竜のごとし」という文言を引用し、『旧約聖書』の中の「エゼキエル書」に焦点をあてている。

　エゼキエルは、ユダヤ人の「バビロン捕囚」後の預言者であり、祭司でもあった人物とされるが、彼が神の託宣を受けとめ、エジプトの王ファラオに対して言葉を発したのである。『聖書』の種類によっては、

この文言にはかなりの変動があり、新共同訳によれば、「国々の中で若獅子である者よ、お前は滅びに定められた。お前は水中のワニのようだ」とある。

　新共同訳の底本は、ドイツ聖書協会の『旧約聖書』をもとにしている。下線部に相当する文章は、欽定訳（KJV）には見当たらず、そこには、海の生き物「鯨」と訳出されているにすぎない。他の『聖書』では「ドラゴン」や「ワニ」などの訳例が多い。下線部と同じ文言を提示している『聖書』としては、イスラエルの『聖書』（NJB）があげられる。

　メルヴィルは、ヒンドゥー教の神である「ヴィシュヌ」の10体への化身（アヴァターラ）の例に触れ、「第一に鯨に転生することによって、鯨を聖別したのである」と書いている（82章）。

　一方、55章「怪異なる鯨の絵」の中で、現存する最古のものとしてインドの「エレファンタ石窟寺院」の図像について触れている。このヒンドゥー教徒の鯨は、ヴィシュヌ神が巨鯨（レヴィアタン）として描かれており、学問的には、「マッツ・アヴァター（Matse Avatar）」で「半人・半鯨」だとメルヴィルは解釈しているようだ。

　ヴィシュヌ神の化身は、魚、亀、猪、半獅子、仏陀なども知られていることは確かだが、歴史的には、何百もの化身「アヴァターラ」が存在し、それが最終的に「10体」に定着したものと言われる。その中には、太陽神の子マヌが、川に入った時、小さな魚が手の中に飛び込んできたという話がある。その魚を家に持ち帰り育てているうちにどんどん大きくなり、手におえなくなり池や川、やがて海に放流したという巨大魚の伝説がある。

　それがヴィシュヌ神の第一アヴァターラに相当する魚（マツラ）である。メルヴィルは、この巨大魚の伝承を「第一に鯨に転生する」という、自己流の解釈に組み込んでいるのかもしれない。

　さて、82章以降も、ヨナ書をはじめ、鯨に関する様々な神話や逸話、抹香鯨の特徴などの話が続き、最終決戦までの道のりはまだ先が長い。途中、興味深い道草も現れるので、飛び石のように読み進めてみた。

（5－2）　ピークオッド号とその航海の軌跡

　たった一頭の離れ鯨である「白鯨（*Moby-Dick*）」を追って、広大な太平洋を探し回るエイハブ船長の狂気の決意は固い。ほとんど毎晩のように、過去の海図と首引きでおのれの魂と格闘している。あらゆる海流や潮流を調べ、過去の捕鯨船の記録から抹香鯨の現れる水域の規則性を頭に叩き込み、自分なりに確度のある場所や時期などの予測を立てていた。確かに、抹香鯨が特定の海域に定期的に出現するという現象はよく知られていたものの、広大な太平洋の海原の中に、羊のように白い頭を持つ巨大な"はぐれ鯨"に遭遇すると考えること自体、常軌を逸していた。

　確かにエイハブ船長を動かしていたのは、理性というよりも、誰も説明のつかない「**エイハブの魂**」ともいうべき、得体のしれない怪物的妄想でしかなかった。高く吹き上げる、白鯨の潮柱は、エイハブにとっては、天空にそそり立つ「**雪白の十字架**」なのである。

　一等航海士のスターバックは、もともとエイハブ船長の白鯨追跡をやめさせたい意向であった。できれば阻止したい気持をもっていたことを、エイハブ船長は忘れてはいない。一等航海士が、何らかのはずみで、船長の命令に背き、反乱を起こしたらどうなるか。

　白鯨に遭遇するまでには、まだ時間がかかる。ダブロン金貨を餌に乗組員の士気を高め、熱狂的に「白鯨追跡」を宣言したからには、このまま何の変哲もない日々を過ごさせるわけにはいかないのである。エイハブ船長のきわめて個人的な目的に、気まぐれな船員がいつまで付き合ってくれるかわからない。

　ピークオッド号の本来の目的にそった仕事を彼らにさせないといけない。この航海の正当な目的である鯨取りを、当分の間実行する必要があった。エイハブ船長がこの船を乗っ取ったと悟られてはまずいのである。エイハブは、行動を開始する。とにかく鯨を捕らねばならないのだ。

ある蒸し暑く物憂い日の午後、イシュマエルとクイークエグが、鯨用のボートの予備マットを織っていた時のこと、見張りをしていたマザース・ヴィニヤド島（ナンタケット島の西側にある島）出身の銛打ちである**タシュテゴ**の物狂おしい奇妙な叫び声「潮噴きだ！　潮噴きだ！」が突然上空から響き渡った。

　風下２マイル先に抹香鯨の群れを発見したのだ。急いで三隻のボートがつり降ろされた。血気はやる鯨取りたちが、ボートに乗り込もうとした丁度その時、突如として降ってわいたような叫び声が上がったのである。ギクッとした一同が目を見張ると、今まさに虚空から現れたかと疑われる、五つの浅黒い影がエイハブを取り巻いていたのである（47章）。

　メルヴィルは『白鯨』の１章冒頭から、不吉な暗示めいた事項をたびたび忍びこませている。19章と21章では、不気味な予言を執拗に吐きだす「**イライジャ**」を登場させている上、３章と23章には、謎めいた「**バルキントン**」という南部訛りの背の高い男を、密かに忍びこませている。４年間の危険な航海を終えたばかりなのに、この男は休みを取ることもなく、何故かピークオッド号のかじ取りとして乗船したのである。イシュマエルの気持として、この男に対しては畏敬というよりもむしろ強い恐怖感すら覚えたのだ。

　メルヴィルは書き進める。「この短い一章は、**バルキントンのための石なき墓だ**。彼の場合は、風下の陸地に吹き付けられまいとして嵐を衝いて漕ぎ進む船と同じことだ」（田中訳）と。

　更に、メルヴィルは自らの心情を叩きつけるように、次のような文言を吐く。「だが、陸地無きところにのみ、最高の真理、神のように無辺無窮の真理があるのだとすれば、風下の陸地にみじめに打ち上げられるよりは、むしろこの荒れ狂う無窮の海に滅びた方がましではないか？たとえその地が安全であろうとも」。更に続けて「おお、バルキントン、しっかりしろ、しっかりしろ。断固として耐えよ、半神よ。大洋に滅びる汝の水しぶきから、汝の神聖は舞い上がるのだ」と。

　メルヴィルは、自分の姿をイシュマエルばかりでなくバルキントンに

も重ね、この作品の結末をすっかり暴露している雰囲気である。

　更に49章では、予期せぬ謎の人物集団として突如「五人の黒い影」を登場させている。この集団は一体何者なのか。この興味深い集団の種明しを、以下（48章：田中訳）のように紹介している。

「妖怪、としかその時は思えなかった者どもは、甲板の向こう側を音もなく、すばやく動き回って、そこに吊り下げられたボートの滑車と索とを緩めていた。このボートは、右舷後尾に吊るされてあったから、通常船長用と呼ばれていたが、平常から補助用の一つのみ認められていた。その舳先に今立っている一人は、丈高く、鋼鉄のような唇のあいだから、一本の白い歯が不吉に突き出ていた。皺だらけなシナ人風の黒木綿の上着が喪服のように身を包み、同じ黒布の太いズボンをはいていた。だが、奇怪にもこの漆黒の姿の頂点には、ギラギラと白く光る襞つきの頭巾が冠のごとく巻きつけられ、頭の上には本物の髪の毛が編まれて、ぐるぐると巻き付けられていた。この男の仲間の連中は、色の黒さはやや薄く、マニラ辺の原始人種特有のピカピカ光る虎の皮色、黄色い肌をしていた。それは悪魔のような陰険さでよく知られた人種であって、正直な白人水夫らのなかには、この者どものことを、どこかよその世界に帳場を持つ悪魔に仕えて、その水の上でのスパイか秘密探偵のような仕事をしているやつらだ、などと考えている者もあるほどだ。一同がこの見知らぬ者どもに、まだ驚きも冷めやらず、じっと見つめているとき、エイハブは、その首領である白ターバンの老爺に叫んだ。"用意はできたか、**フェデラー**"と。

　本来、三隻のボートで鯨を追いかけるはずと思っていた乗組員たちにとって、突如現れた四隻目のボートにエイハブを乗せた五人の見知らぬ男たちが登場したのである。イシュマエル自身も、あのナンタケットで、朝早くピークオッド号に乗り込む怪しい人影をみていたが、その正体が露呈したのだ。43章に現れる「アーチー」という船員が、ある日はっきりとその隠れた存在に気付いて、仲間の「カバーコ」に告げている。「しっ！　あの音を聞いたか、カバーコ」、「ほら、また聞こえる。ハッチの下！　あれが聞こえないのか咳みたいな音だ」、「良く聞け、カ

バーコ、後部船倉にだれかいるぞ。また甲板に姿を見せていないやつが。おそらく、老モンゴル大王（エイハブ船長）も知っているはずだ」と。

　白鯨を追跡するための、強力な助手五人をエイハブは密かに準備していたことになる。他の乗組員にとっては「密航者」でしかない人間を何故乗せたのかという疑問が残る。頭にターバンを巻いた、年輩の首領「**フェデラー**」は、拝火教徒（ゾロアスター教）であった。拝火教の根本思想によれば、「現世とは善悪二つの霊の戦いの場」であるという認識があり、対立する二霊は戦わざるをえない。

　エイハブは「善」の立場に立って、「悪」の象徴である「白鯨」に戦いを挑んだのである。「悪」に屈するわけにはいかないのである。

　ゾロアスター教によれば、善に力を尽くした人の魂には楽園が用意されているのだ。

　しかしながら、異教徒「**フェデラー**」が、何の因縁でエイハブと結びつき、どこからやって来たのかは、誰もわからない。

　四隻のボートは、必死になって鯨の群れを追いかけるも、とうとう逃げられてしまい、海が大荒れで転覆するボートもある中、何事もないように、皆本船に戻っていった。

　こうした時間を経過しながら、ピークオッド号は、アゾレス諸島沖、ヴェルデ岬諸島、アルゼンチンのラプラタ河口沖にあるプレート漁場、更にアンゴラの西岸から1800km沖にあるカロル漁場を過ぎる頃、時たま鯨の「潮吹き」を見たものの白鯨は発見できなかった。

　漠然とした不吉な雰囲気が漂う中、やがてピークオッド号は、船首を東に向け怒涛渦巻く「**喜望峰**（*Cape of Good Hope*）」の沖をめがけて突進していくことになる。南緯40〜50°付近の海域は「荒れ狂う40度帯」と言われるほどの海の難所である。

「喜望峰、何故人はそう呼ぶのか」とメルヴィルも疑問を投げかける。

　歴史的には、ポルトガルのバルトロメウ・ディアスが、1488年に初めて到達したものの、あまりにも荒れる海なので、この地点を「嵐の岬（*Cabo Tormentoso*）」と命名したと言われる。しかし、この航路の発

見が、大西洋とインド洋を結びつける重要なルートになることに気付いた、時のポルトガル王「ジョアン二世（1455－1495）」が「希望の岬」に改めさせたと伝えられていることは、メルヴィルも承知していたはずなのである。

　それでも「苦悩の岬」の方がふさわしいではないかと、メルヴィルは反論するが、誤解があるようである。何故なら、ポルトガル語で書かれている"*Tormentoso*"（英訳：stormy）の意味からすれば「嵐の岬」となるものを、メルヴィルの原文を見ると"*Cape Tormentoto*"と書かれている。これは、メルヴィルの勘違いだと思う。英語流に解釈するならば「苦悩（torment）の岬」になってしまうのである。

　それはともかく、エイハブほか乗組員達は、この嵐から抜け出すため、ひたすら波をけたてて前進するしかなかった（51章）。

　幾日も続く荒天の中、エイハブ船長は、ほとんど休むことなく、忍耐強く指揮を執り続けるのだった。丁度、喜望峰の南東沖の、セミ鯨の漁場であるクロゼ諸島沖に差し掛かったとき、遠く前方に一隻の帆船を認めた。それは「**アルバトロス（アホウドリ）号**」であった。

　長い航海の後、帰港する途中のようにみえるが、疲れ切ったような、赤錆によごれた亡霊のような船体の姿がそこにはあった。かなり接近したものの、風が強く、エイハブ船長が「そこの船、白い鯨を見なかったか」と声をかけたが、あいにく風が強く、その船の船長は何か語りかけようとした途端、メガホン（ラッパ）を飛ばしてしまう。白鯨の名が叫ばれた瞬間に起きた、この無言の出来事はエイハブの心に、今まで受けたこともない不吉な予感を与えたようだ（52章）。

　さて、この52章の原書のタイトルは「*The ALBATROS*」であるが、本文内での表示は「The **Goney**（Albatros）」となっている。

　ここにもメルヴィルの意図する意味が明白に見えるようだ。

　"**Goney**"の意味を探れば、文字通り「**行ってしまった人**」とか「**死んでしまった人**」という意味にもとれる上、「**Albatros**」という名称になると、鳥の本来の名前である「アホウドリ」に加えて、「**（執拗な）心配のもと**」とか「**（心の）重荷**」という意味もあり、この章の暗い情景に

ピッタリ当てはまる命名である。

　これ以後、しばしば遭遇する捕鯨船の名称にも、それなりの意味をメルヴィルは組み込んでいるように思える。

　喜望峰を越えたあたりの海域は、海の銀座通りのようなもので、多くの船とすれ違う可能性は極めて高い。アルバトロス号に出会ってから間もなく、ピークオッド号は「タウン・ホー号」（54章）という捕鯨船に出会う。乗組員のほとんどがポリネシア人であった。短い出会い（Gam）であったが、白鯨に関する耳寄りな情報を集めることができたのである。但し、「タウン・ホー号」の三人の白人乗組員から聞き出した情報をタシュテゴが寝言で喋ったことから、ピークオッド号の水夫たちが知るところとなった秘密は、エイハブ船長以下の上層部には伝わってはいなかったという設定である。

『白鯨』の中でのピークオッド号と他の捕鯨船との出会いは、全部で9回を数える。明暗を織り交ぜた、意味深長な話が披露されるが、54章だけは、何故か異常に長い「作中作的物語」という構成になっている。

　メルヴィルの道草は、たまたま始まったわけでもないが、主人公であるイシュマエルに回想的な長話をさせている。白鯨という物語に何やら怪しげな雰囲気を醸し出そうとする作者の深慮遠謀かもしれない。

　ところで、54章のタイトル「*THE TOWN-HO STORY*（タウン・ホー号物語）」に関して、原書には次のような注釈が付けられている。

「その昔捕鯨船のマストの先から、最初に鯨を見つけた時に発する叫び声が、今でもガラパゴスのカメを捕まえる時に使われている」という記述である。

　語源辞典でもある *Oxford English Dictionary*（OED）によると、「TOWN-HO」という言葉の意味として、興味深い解説がある。分かりやすい説明であるので、その原文を以下に紹介したい。

　[*The Boys, as soon as they can talk, will make use of the common phrase* **"townor"** *which is an indian word, and signify that they have seen the whale twice*] とある。

　元々、地元ナンタケットのインディアンの叫び声 "鯨を二回見た" と

108

いう「TOWN-HO」の発音がいつしか訛ったようである。

「タウン・ホー号物語」が終わると、メルヴィルの長い講義がまた始まる。まず55〜57章までは鯨の絵画や彫刻の話、58〜59章は鯨の餌である「オキアミ」や「ダイオウイカ」などの解説が続く。

「オキアミ」は抹香鯨の餌ではないが、ジャワ島に向け、進路を北東に修正している際に、見張りの「タグー」が遠くに白い塊を見つけ、「出た！　また出た！　真正面だ！　白鯨だ、白鯨だ」と叫ぶ。慌ててエイハブ船長以下、四隻のボートを出して追いかけたところ、ぶよぶよとした大蛇の集まりのような巨大な白い塊を発見したのである。

　一等航海士の「スターバック」の説明を借りれば「生きたダイオウイカだ。あいつに出会った捕鯨船で無事に港に戻って、その話をした船はめったになかったそうだ」という何やら暗示的な話が挿入されているが、エイハブ船長は言葉を発することもなく本船に引き返す。

　ダイオウイカの出現は、スターバックにとっては不吉で不安な予兆となったまま、その日は終わった。

　翌日は波一つない穏やかな日和でイシュマエルを始めとする見張り達が、睡魔に襲われながらウトウトしていた時、突如本船の風下近く、あまり離れてはいないあたりに、巨大な抹香鯨がゆったりと潮を吹いているのに気付く。すわーとばかり、鯨の追跡が始まった。

　スタッブのボートが先頭を走る。タシュテゴが銛を打ち込んだ。命中だ。綱がどんどん引っ張られて綱柱を綱がこする。摩擦熱で綱から煙が立ち上る。ボートは水を切って疾走する。徐々に弱ってきた鯨めがけて槍が飛ぶ。最後にボートを鯨に寄せ、スタッブが長い槍で鯨にとどめをさしたのである。

　スタッブらが鯨を仕留めたのは、本船から若干離れたところであったので、鯨を三隻のボートで曳航した。二等航海士のスタッブは上機嫌であった。しかしながらエイハブ船長の方は、鯨を仕留めた後は、何となく元気はなかった。白鯨を退治したわけではないので、漠然とした苛立ちだけが残っただけのようだ。

（5-3） ジェロボーム号との出会い

　鯨の解体も一段落すると、必要でない残骸部は海に流され、鮫の餌になるだけであった。その当時、鯨肉などを長期保存する技術もなかったので、ほとんど利用せず廃棄するしかなかったともいえる。

　江戸時代の日本沿岸捕鯨では、解体して食料となるところはすぐ利用し、その他の部位も捨てる所がほとんどなかったと言われている。

　さて、しばらく日時も過ぎて、風も吹かない凪の状態が続いていた或る日、メイン・マストの見張りが叫んだ。「帆船がみえる」と。

　どうやら、風上の方向に、かなりの速度で進んでいくのは捕鯨船のようであった。ピークオッド号が信号旗を掲げると、気付いた先方の船からも信号旗があがった。ナンタケット船籍の「**ジェロボーム（ヤロバアム）号**」であることが判明した。

　ジェロボーム（Jeroboam）は英語の発音であるが、この人物は、『旧約聖書』の「列王記（上）」に書かれている、イスラエル王国の初代王の名前で、ヘブライ語での呼び方では「**ヤロバアム**」である。この人物に関しては、後ほど詳しく解説したい。

　問題を抱えた船が、近づいてきた。先方の船からはボートがおろされ、メイヒュー船長を乗せたボートが接近してきたのである。

　交流するためにボートをおろしたのではなく、ピークオッド号に注意を促すための情報を提供するつもりであった。

　どういうことかと言えば、ジェロボーム号では、悪性の伝染病が発生しており、ピークオッド号の乗組員に伝染することを恐れたため、直接の接触を断ったのである。「悪性の伝染病」というのは、表向きの理由のようであるが、実際は別の事情も潜んでいたのである。

　ジェロボーム号のボートの漕ぎ手の中に、一風変わった、小柄でそばかすだらけの、黄色い髪を長く伸ばした、奇妙な人物がいた。すぐ気が付いたスタッブが大声で叫んだのである。「あいつだ！　あの野郎だ！　タウン・ホー号の連中が言っていた、長い外套を着たいかさま師だ！」

（八木訳）。今様に言えば、新興宗教の教祖のような男で預言者をかたる一方、「大天使ガブリエル」とも自称していたのである。

　このガブリエルが、ジェロボーム号の乗組員を巧みに洗脳し、この船の支配権を事実上掌握していたのである。

　更に悪いことに、白鯨と対決を熱望していた、この船の一等航海士メイシーは、偶然遭遇した白鯨を追って、銛を一本打ち込むことに成功したものの、白鯨に叩きつけられ一命を失っていた。

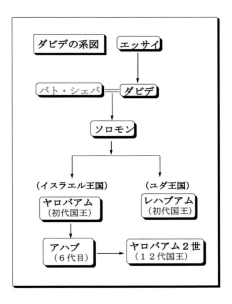

「白鯨とは、シェイカー教徒があがめる神の化身である」と宣言していた、この自称ガブリエルにとっては、天罰だと主張する根拠を与えてしまった事件であった。

　従って、「白鯨は見たか」というエイハブ船長の質問は、ガブリエルにとっては、格好の説教の餌食だ。「神を汚した者の運命をわすれたのか」「あんたも、もうすぐ行くのだからな」と嫌味を吐き捨てる。

　エイハブにとっては聞きたくもない言葉だが、今まで巡り合った数々の不吉な前兆の中にあって、最後通告のような宣言にも聞こえた。

　ここで、少し前に触れた、「ジェロボーム（ヤロバアム）」と、更に「エイハブ」という『旧約聖書』上の人物にまつわる「列王記（上）」に関連した逸話を、ダビデ・ソロモンの概略系図（上）を参考に、以下に紹介しておきたい。

　イスラエル王国三代目のソロモンは、エジプト、アラビア、紅海や地中海諸国と盛んに交流・交易しながら、経済的にも文化的にも大いに繁栄した王国を築いていた。

「列王記（上）」の11章の３節には、次のような記述が見える。

「ソロモンには、妻たち、即ち700人の王妃と300人の側室がいた。この妻たちが彼の心を迷わせた」とある。エジプトやヒッタイト、モアブ、アモンなどの諸外国の妻たちの信仰を通して異教が入り込んだのである。ダビデとは正反対に、本来の神に忠実でなくなったため、ソロモンの死をきっかけとして、王国は分裂し、北のイスラエル王国は「ヤロバアム」が初代王となり、南のユダ王国はソロモンの子である「レハブアム」が王となったのである。しかし、ソロモンと同様、代々の王の異教信仰はすたれず、そのためにイスラエル王国は紀元前8世紀の初め頃に滅亡し、ユダ王国の場合は、主に忠実な王も現れたものの、少し遅れて紀元前6世紀の終わりには滅び去るのである。

　これら滅びの諸王の中には、イスラエル王国の6代目の王として活躍した「エイハブ（アハブ）」が存在し、更に12代目の王として「ヤロバアム2世」も登場する。

　メルヴィルは、これら滅びの王の名称として、「ヤロバアム」を捕鯨船の船名に、ピークオッド号の船長名に「エイハブ（アハブ）」を採用したのである。

　初代王「ヤロバアム」（治世22年）も6代目の「エイハブ（アハブ）王」（治世20年）、12代目の「ヤロバアム2世」（治世40年）の三人は、18代続いた王の中でも長期にわたって支配権を保持し、ある意味で有能な王であった。

　しかしイスラエルの神にとっては、ダビデと違い神の目にかなう正しいことを怠った「ヤロバアム」は許せないのである。

　列王記（上：14-8〜11）には、次のようなあまりにも酷い文言が書かれているのである。「あなたはこれまでの誰よりも悪を行い、自分のために他の神々や鋳物の像を造り、わたしを怒らせ、わたしを後ろに捨て去った。それゆえ、わたしはヤロバアムの家に災いをもたらす。ヤロバアムに属する者は……（中略）……男子であれば、すべて滅ぼし、人が汚物を徹底的に拭い去るように、わたしはヤロバアムの家に残るものを拭い去る……町で死ねば犬に食われ、野で死ねば空の鳥の餌食になる」（新共同訳）と。

　民に捨てられて、<u>嫉妬に狂う神</u>、そして<u>復讐に燃える神</u>とは、一体何者なのだ。『旧約聖書』には、このような残酷で露骨な表現が臆面もなくあちらこちらに出現する。シャーロック・ホームズの作者コナン・ドイルでなくとも、うんざりする人も多いかもしれない。動物的本能から、全く抜け出せない原始的な神（人間）に過ぎないのだ。

　反体制派の人々を、有無を言わさず、次々に粛清するどこかの権力者のように、復讐の鬼は、現代世界でもなくなることはない。

　イスラエルの神（主）から見れば、反体制派と見なされる、北王国の五代目の王オムリ（列王記上：16-25）も、主の目に悪とされることを行い、以前の誰よりも悪いことをしたと非難されている。同様に、ヤロバアムも先王のすべての道を歩み、空しい偶像によって主の怒りを招いたと書かれている、その子「アハブ（エイハブ）」に関しては、本書第二章で紹介した通りであるが、このアハブの対抗相手として19章に登場する人物こそ、主の代弁者である：エリヤ（イライジャ）であったのである。

　前に触れたように、突然登場する謎の人物「バルキントン」のほか「フェデラー」、更に自称「ガブリエル」というペテン師に加えて、捕鯨船「アルバトロス」の登場などを見ていくと、これらはすべてエイハブに敵対するエリヤ（イライジャ）の分身に見えなくもない。

　四番目に出会った捕鯨船は、ドイツ・ブレーメンの「ユングフラウ号」つまり「汚れなき船（処女号）」、言い換えれば、空っぽの捕鯨船ということになる。つまり油を捕りに来た船が、よりによって鯨をほとんど取っていないピークオッド号に油を借りに来た皮肉のお話だ。

　油の遣り取りも終わりかけたころ、突然鯨の群れを発見した両船は、すぐさまボートを降ろして、時ならぬ鯨の獲得競争をすぐさま開始した。これはメルヴィルの息抜きであり、ユーモアかもしれない。

　しかし、ピークオッド号が捕獲した鯨は、何かわからない病気にかかった、老いぼれ鯨に過ぎなかった（第81章）。

　処女号と別れてからの、それ以後のピークオッド号は「今一体どこにいるのか」と気がもめるが、再度メルヴィルの講義に耳を傾けないとわ

からない。

　前に触れたヴィシュヌ神の化身、更に捕鯨の起源、ヨナにまつわる話、鯨の潮吹きや鯨の尾の話などのあとに続く、87章まで読み進めないとはっきりしないのである。

　87章の冒頭は、こう書かれている。「ビルマ領から南東に伸びる長く狭いマラッカ半島（マレー半島）は、全アジアの南端を画する。

　この半島の延長線上にスマトラ、ジャヴァ（ジャワ）、バリ、チモールの長い列島が連なり、これが他の島々とともに防波堤もしくは城壁をなし、更にまっすぐ伸びてアジアとオーストラリアとをつなぐと同時に、茫洋として島ひとつないインド洋と無数の島々が点在する東洋の多島海を隔てている。この城壁には船と鯨の便宜のために数か所の非常口があり、その主要なものはスンダ海峡とマラッカ海峡である。西洋からシナへ行く船舶は、主としてスンダ海峡を通過してシナ海にはいる」（八木訳）とし、アジア南東部の地形の説明が詳しく紹介される。

　実際、ピークオッド号はどこにいるかと言えば、「いまや、ピークオッド号は、このスンダ海峡に近づいていた。エイハブの目的は、海峡をとおってジャヴァ（ジャワ）海に入り、更に北上して……フィリピン諸島沿岸をかすめ、捕鯨の最盛期に間に合うよう日本のはるか遠い沖合にたどり着く予定だった」（八木訳）とある。

　更に続けて、「ピークオッド号は、抹香鯨が回遊することで知られる世界のあらかたの海域を巡航して、最後には太平洋の赤道直下の海域に進入するつもりだった」（ピークオッド号の航跡：次頁）。

　即ち、あの憎らしい「モビー・ディック」と一戦を交えるために、エイハブが長年心に思い描いた場所なのだ。

　スンダ海峡のジャワ島西海岸沖では、昔から抹香鯨がよくとれたところであったが、ここでピークオッド号は鯨の大集団に遭遇する。

　この87章のタイトルは原文で「The Grand Armada」と書かれている。翻訳本を見ると「大連合艦隊」（阿部、高村訳）とか「無敵艦隊」（田中、幾野、八木訳など）などという大げさな訳が多いが、何かしっくりしない。内容からすれば「鯨の大群」に遭遇した話に過ぎないのであ

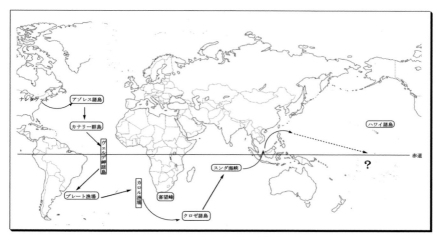

ピークオッド号の航跡

る。原文で "*...this vast fleet of whales now seem hurrying forward through the straits...*" という表現が使われているので、この「*fleet*」には「艦隊」という意味があるのは確かだが、それに引きずられたようだ。「集団」という意味もあるのだ。

　帆を全開にして、ピークオッド号は追いかける。この集団の中に、白い象のように "モビー・ディック" が潜んでいないともかぎらないのだ。突然、タシュテゴの声が響く。ピークオッド号の後方に、半円形に展開する集団が波をけたてて追いかけてきた。マレーの海賊だった。

　鯨を追いかけながら、海賊に追いかけられるという「食うか食われるか」のせめぎ合いの様相を呈してきた。

　何とか海賊を振り払い、鯨の大集団を追いかけているうちに、とうとうスマトラ島の東海岸あたりの広い海域にたどり着いた。原文では鮮やかな緑色の「Cockatoo Point」の側をすばやく通過し、広い海域に抜け出すことができた。上記の「Cockatoo Point」という場所は、スマトラ島の地図には見当たらない。ここはメルヴィルの創作かもしれない。インドからニューギニア、オーストラリアにかけての地域には「バタンインコ（Cockatoo）」という、鮮やかな羽冠のある美しいインコが生息す

ることが知られている。実際、種々の訳本を開いて見ると、「オウム岬」などと訳している場合が多い。

（5－4）　バラの蕾号と竜涎香の話

　次に出会った捕鯨船は、「バラの蕾号（Rose-bud）」（91章）で、何やら香り漂う名の船のようだ。この91章と次の章には「竜涎香」という、抹香鯨特有の化学物質に関する話題が登場するので、少し詳しく追いかけてみたい。

　この章の冒頭には、『白鯨』の文献抄に引用されているサー・トマス・ブラウンの『迷信論』から、次なる文言が紹介されている。「竜涎香を求めてこのレヴィアタンの腹部をまさぐるも、そのあまりの悪臭に探索すること能はじ」（八木訳）と。

　霧でかすみ、眠気を催すような真昼の海を、ゆっくりと航行していた時のことだった。何やらわけのわからない異様な臭いが漂ってくるのを見張人たちが嗅ぎつけたのだ。二等航海士のスタッブが口走る。「どこかこのあたりに、この前、俺たちがくすぐって麻痺させた鯨がいるにちがいない。まもなく、浮かんでくる頃だ」（私訳）と。どうも、この下線部には、メルヴィルの冗談めいた、諧謔的な軽口が含まれているような気がする。下線部を含む「　」内の原文は、次のように表現されている。

　「Somewhere hereabouts are some of those **drugged** whales we tickled the other day. I thought they would keep up before long」とある。

　いくつかの訳文を注意深く読み比べてみたけれども、どうも納得がいかない。全く意味不明の文章が現れる。

　例えば「このあいだおれたちがドラッグを打ち込んだ鯨が」（田中訳）とか「このまえおれたちがドラッグをつけた鯨が」（八木訳）、更に「この前からかってやったドロッグつきの鯨が」（阿部訳）、「このあいだ吹流しをつけてくすぐってやった鯨」（幾野訳）など全く意味不明である。

116

少し前に銛を打ち込まれた鯨が、やがて弱り切って浮き上がる状況を、ユーモアを交えて表現したものではないだろうか。「**drugged**」という単語の解釈にも問題があるようだ。辞書には、「（薬で）麻痺された」とか「（薬で）ぼーっとした」などの意味が出ている。田中訳では、まるで「麻酔銃」を打ち込んだかような表現だが、その当時ではありえない話だ。幾野訳の「吹流し」などは、全く理解に苦しむ。

　次の話は、この小説の中でもメルヴィルのユーモアが横溢した面白い場面が続くので、簡潔に荒筋を追いかけ、その顛末を紹介したい。

　しばらくすると、霧の晴れ間のかなたに、一隻の帆をたたんだ船が見える。フランス国旗を掲げている。その上空には肉食の海鳥が何かを待ち構えて渦巻いていた。船には左右に「したり鯨」が横付けされている。がりがりに痩せて死んだ鯨だ。更に接近してみると、一方の鯨の尾に絡みついているロープの先端の「鯨包丁の柄」に気付いたスタッブは、それは俺のものだと叫ぶ。こんな痩せ鯨からは、質の良い油が取れるはずはないのだ。しかも悪臭を振りまいている。

　皮肉にも、相手の船名が"**Bouton de Rose**"ときている。"バラの蕾"とは、何とかぐわしいロマンチックな名ではないか。

　スタッブは、相手の船に乗り込むと、英語の話せる水夫をみつけ、一計を案じて、彼を通じて船長にうその話を巧妙にしかける。「昨日会った他船からの情報によれば、横付けしていた"すたれ鯨"からうつされた病気で、船長や航海士、水夫６人が死んだそうです」と語りかける。すると慌てた船長は、更に詳しく知りたがったので、スタッブに同調した水夫も調子に乗って、ほら話を続ける。「干からびたもう一方のやつの方が、腐ったやつよりずっと危険だそうです……命が惜しいのなら二頭とも捨てるにかぎるそうです」と畳み掛ける。

　したり顔のスタッブは、軽いほうの鯨を船から引き離す手伝いをするふりをして、いかにも親切そうに獲物の鯨をまんまと巻き上げることに成功したのだ。早速、古代遺跡の発掘でもやるように、死体の解剖に取りかかった。「あったぞ！　あったぞ！」と大喜びでスタッブは叫び声を上げる。「金鉱だ！　金鉱だ！」（私訳）と鋤をほうりだし、何やらす

べすべして香しいチーズのような、柔らかく黄色がかった灰色の塊を取り出した。これこそが「竜涎香（ambergris）」なのだった。

　一オンスあたり一ギニー金貨に相当する逸品が、両手に六杯分も取れたのである。性急なエイハブ船長が「早く船に戻れ」と急がせたため、スタッブは、やむなく金鉱採掘を中断せざるをえなかった。

　92章では、博覧強記のメルヴィルが「竜涎香」に関して、きわめて興味深い説明を提供してくれている。そこで、更に現代の化学的な知見を付け加えながら、より詳細な解説を試みていきたい。

　竜涎香について、メルヴィルは、次のような説明から始める。「この竜涎香（ambergris）という語は、フランス語で"灰色の琥珀"を意味する複合語に由来するが、無論二つの物質は何の関係もない。琥珀は、時に海岸で見つかることもあり、海から離れた奥地の土壌から掘り出されることもあるが、竜涎香は海でしか見つからない」（八木訳）とある。フランス語では、「ambre」だけで「琥珀」と「竜涎香」の両方を意味し、混同して使用されているのでややこしい。

　正確な表現では「**ambre gris**」で、文字のごとく「灰色の（**gris**）の琥珀（**ambre**）」となる。琥珀は、松などの樹脂に時に虫などが閉じ込められた、黄色ないし黄褐色化石で、装飾品などに使われている。

　メルヴィルは「琥珀は、海岸で見つかることもあるが、竜涎香は海でしか見つからない」と書いているが、興味深いことに、評判の悪かった第三作『マーディ』（121章）にも、琥珀や竜涎香の話がかなり詳しく紹介されている。その中の会話のやりとりで、「モヒ」という人物は「竜涎香は陸でも海でも見つかりますが、とりわけジャワの海岸では、その塊を拾うことがあります」とはっきり説明している。メルヴィルは前に書いたことを失念したのかもしれない。上の話の続きとして「そのような財宝を海に落とす魚を殺すのは、賢明ではありませんな」という「バッバランジャ」の言葉は、鯨取りを皮肉っているように聞こえる。

　話を元に戻せば、メルヴィルは「世のご立派な紳士淑女諸君が、病んだ鯨の不浄な腸内から採取された香料を嬉々として身に着けている」とか、「ある者に言わせれば、竜涎香は鯨の消化不良の原因だと言い、ほ

かの者はその結果だという」などという解説も加えている。

　古代エジプトでは香をたくのに竜涎香を使用し、6世紀頃のアラビア
では香料ばかりでなく媚薬としても用いられていた。
『千夜一夜物語』にある560夜の「船乗りシンドバッドの第六の航海」
には、竜涎香の性質を熟知していたかのような興味深い話が書かれてい
る。マルコ・ポーロの時代になると、竜涎香や鯨油を求めて捕鯨を始め
ていたと言われるように、竜涎香の歴史も古い。

　メルヴィルも指摘しているように、竜涎香とは、抹香鯨の腸内でつく
られた異物に過ぎない。抹香鯨は、イカなどを好んで食べるが、消化さ
れずに残った鋭い嘴から腸壁を守るために分泌された代謝産物と考えら
れている。その生成機構はよくわかっていない。結石あるいは糞便の類
のようなものかも知れない。その塊の大きさや形、色などはまちまちで
ある。稀に海岸に打ち上げられることもある。上野の国立科学博物館に
見本があるが、和歌山県の「太地町立くじらの博物館」にも展示されて
いる。鯨の腸内から直接取り出されたものは、黒っぽく軟らかい、糞便
そのもののように不快な臭いを発するようで、徐々に固化して色もあせ
てくる。更に長時間、海に漂いながら太陽光を浴び、空気中の酸素や塩
水などに触れることによって分解変化し、やがてほのかに香しい匂いを
発するようになると言われる。

　人糞ばかりでなく、肉食動物の糞便には、コプロスタノールという特
有の臭い物質が含まれている。これは、**コレステロール**（下図）が腸内
細菌によって還元されて生じた代謝物である。

　竜涎香の香（匂い）の成分はほぼ解明されている。主な成分として
は、**アンブレイン**（E：25〜
45％）、**エピコプロスタノー
ル**（B：30〜40％）、**コプロ
スタノール**（C：1〜5％）、
コプロスタノン（D：3〜
4％）などが同定されてい
る。無論メルヴィルの時代に

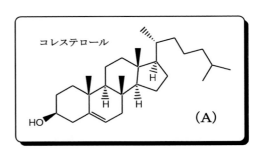

コレステロール

(A)

は、全くわかっていなかった情報であるので、若干解説を加えたい。

　コレステロール（**A**）は、生体内で重要な働きをする細胞膜の構成成分であり、性ホルモンや副腎皮質ホルモン、胆汁酸などの原料ともなる、重要な生体物質である。先に指摘したように、糞便に特有の悪臭成分の本体である**コプロスタノール（C）**は、全体的に見れば、それほど多く含まれているわけではない。

　以上、コレステロール骨格を持つ三種類の成分の構造式などは、念のため、下図にまとめて示してある。

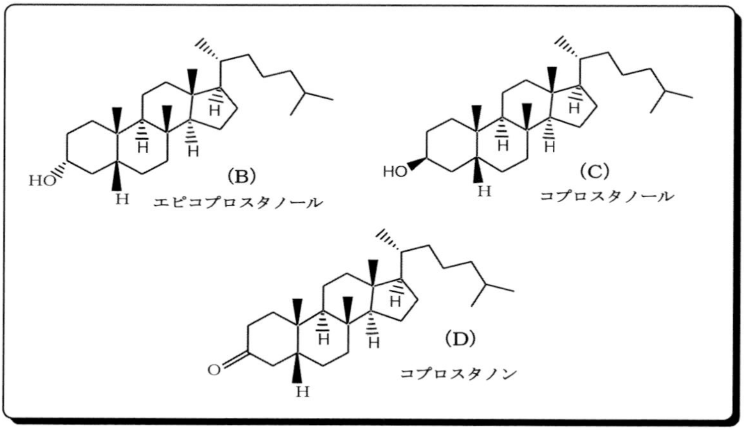

次に、香のもととなる主成分の**アンブレイン（E）**について触れてみたい。この化合物は、粗製の竜涎香をアルコールで加熱抽出してえられるトリテルペン類に属する脂質物質で、酸化分解することにより、竜涎香の主要な匂い物質である「**アンブロキサン（F）**」と「**アンブリノール（G）**」という化合物に変化することも知られている。

　アンブロキサンは、現在合成され香料として広く利用されている。

　また、「竜涎香もどき」の数種類の化合物が、香草クラリセージ（別名：オニサルビア）の成分であるスクラレオール（含有量：２％程度）から化学合成されている。

　竜涎香は、現在となっては極めて希少な産物であり、発見されれば、

1グラム当たり数千ドルの価値はあると言われている。

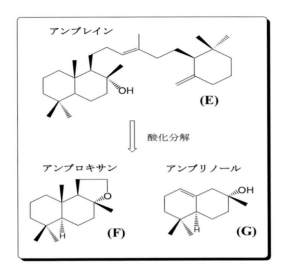

第五章　参考図書

1）Merck Index 13th. ed. 382 (1997)

2）E. Lederer, F. Marx, D. Mercier and G. Perot, *Helv. Chim. Acta.* **29**, 1354 (1946)

3）駒木亮一『におい・かおり環境学会誌』44（2）、141〜148（2013）

4）S. R. Swaro, S. Panda, and P. K. Kar, *World Journal of Pharm. Res.* 7 (9), 473–477 (2018)

白鯨との死闘

"ピークオッド号は、どこで沈没したのか？"

「あんたが今度の航海で死ぬことがあるとすれば、海の上で二つの棺桶を見てからだ。最初の棺桶は人の手でつくられたものではない。二番目に見る木製のものは……」

（フェデラーの言葉：本文117章）

（6－1）　鯨油精製所（96章）

　本書第五章で触れたように、ピークオッド号の航跡が明確に示されるようになるのは51章から、南アフリカ西海岸沖のカロル漁場まで。

　続く52章では、喜望峰を回りインド洋のクロゼ諸島近辺が見えてくる。87章の「鯨の大集団」からは、スマトラ島とジャワ島の間のスンダ海峡を抜け、南シナ海を経て日本海域に向かうという、より具体的な記述が始まる。それまでは、メルヴィルの該博な講義に付き合っている内に、今この船はどこにいるのか分からず、迷子になりそうな宙ぶらりんな気持で読書を続けていた。まるで目隠しされた状態で捕鯨船に乗せられ、目的地も分からない船旅に振り回されている気分だ。

　しかし、こんな旅路の中でも時々は、なるほどと思われる道草もあることは確かだ。メルヴィル自身も「そんなに先を急ぎなさんな」と言っているかも知れないのだ。実際、133章から135章までを読んでしまえば、結論は早い。そろそろ日本沖あたりまでやってくる捕鯨船ピークオッド号を待ちながら、96章を読み進めていくと、そこには、含みのあるイシュマエルの意識がエイハブ船長に投影されてくる。

　アメリカ捕鯨船の特徴は、「レンガ焼かまど」を持ち込んでいることであるという前置きから解説が始まる。前甲板の下側には、鯨の脂肪層を取り出す作業室（blubber room）が設置され、その中に大きな製油釜が置かれている。その階下には鯨油の貯蔵室がある。

　数バレルの容量の鉄製釜に火を入れるには、最初は木材を使用するものの、一旦火が付けば、鯨の絞りカスが利用されるので「鯨は自分の体で自分を焼く」状況になる。「火刑に処せられた殉教者が、自分で自分を焼き尽くす」ようなものだと、間近で働くイシュマエルは感じる。鯨の側から見れば、耐え難い拷問のように思える。その代償なのか復讐か、鯨を焼いた臭いは「言語を絶した、途方もないヒンドゥーの臭……火葬場の近くから漂う臭いだ。最後の審判の日に左側にいる人々のようだ。地獄の審判なのだ」とイシュマエルは述懐する。

マタイ伝（25-41）に次のような文言が見える。「主は、左側にいる人々に、"呪われた者ども、わたしから離れ去り、悪魔とその手下のために用意してある永遠の火に入れ"」（新共同訳）と。

　かまどの番人は、異教徒の銛打ち達だ。決まって釜焚きをさせられる彼らにとっては、『新約聖書』は何の関係もないのだが。

　黒煙はのたうち、真っ赤に燃える火を乗せて驀進するピークオッド号の姿……異教徒を乗せ、火炎を背負いながら死体を焼き、闇の中を突っ走る、このピークオッド号の姿こそ、まさに偏執狂の船長そのものの姿絵ではないかとイシュマエルは思うのだ。

　真夜中に、この火と煙に包まれた船の針路を任された舵取りという責任ある任務ではあるのだが、一瞬睡魔に襲われる。はっと目覚めたイシュマエルは、次のように思った。不気味な欺瞞の赤い火を見過ぎたのかもしれない。あのサハラ砂漠も月の光の下で悲しみに溢れた荒涼とした大地や暗黒の海も、太陽は常に照らし続けているのだと。

　死ぬ定めの人間が、内に悲しみより喜びを多く持つとしたら、その人は真っ当とはいえない未熟な人なのだと、書物の場合も同様だ。

　すべての書のうち、最も真実なのはソロモンの「伝道の書（コヘレトの言葉）」であるとイシュマエル（メルヴィル）は言うが、現在では、そのソロモンが著者であったという証拠はないとされている。

「伝道の書」をひも解くと、「なんという空しさ、なんという空しさ、すべてはむなしい。太陽の下、ひとは労苦するが、すべての労苦も何になろう。一代過ぎればまた一代が起こり、永遠に耐えるのは大地。日は昇り、日は沈み、あえぎ戻り、また昇る」とか「かつてあったことは、これからもあり、かつて起こったことは、これからも起こる。太陽の下、新しいものは何ひとつない」（新共同訳：1-3〜5、9）と書かれている。かなり虚無的な雰囲気の書である。『方丈記』に見える鴨長明の無常観よりも、更に暗く迫る表現かもしれない。

　さらに、ソロモンの言葉がほとばしる。「目覚めへの道から迷い出た者は、たとえ生きていても死霊の集いに入る」（箴言：21-16）と。

　捕鯨船は、全体が一つの工場である。鯨を捕獲し、解体、鯨油抽出、

そして鯨油の貯蔵という一連の作業が終わると、最後の仕上げはかまどや甲板などの清掃だ。焼かれた鯨の残渣である「灰」が石鹸の代わりになるという皮肉。すべてが、この灰汁できれいに洗浄され、水夫（工員）たちは衣服を着替えて一服する時間があればこそ、「鯨だ。潮吹きだ」と声がかかれば、再び一連の苦しい作業に駆り出されるのだ。しかし、「これが人生だ。我々死すべき者が、この巨大な塊から苦労に苦労を重ねて、このわずかだが貴重な鯨油を抽出し、汚れた体を清め、魂の清浄な**"仮屋（*tabernacle*）"**に戻ろうとした」とたん、「鯨だ。潮吹きだ」とは、まさに鯨の怨霊が潮を噴出したかのごとく「**娑婆**」に連れ戻されるのだった。ああ、輪廻転生よ！

（6-2）　ダブロン金貨（99章）

　36章で、エイハブは乗組員全員を鼓舞するため「**ダブロン金貨**」を掲げてアジ演説をぶった。この金貨は、今や「ピークオッド号」のお守りのような存在である。エイハブは後甲板あたりを規則的に散歩する習慣があったが、ある時メインマストに近づくと、急に釘づけになったように金貨を見つめた。金貨に刻まれた図柄や文字に改めて興味を覚えたようだ。すべての物には、なにがしかの意味が潜んでいると。

　そうでなければ、あらゆるものは無価値だと、この華麗な逸品である金貨について、再びメルヴィルの講義が始まる。エイハブとメルヴィルが重なって見えてくる。この金貨の丸い周縁部に沿って彫られている文字に目をとめる。**"REPUBLICA DEL EQUADOR: QUITO"** と刻印されている。この金貨は、世界の中央、赤道直下に因んで名づけられた国、エクアドル共和国である。アンデス山脈中腹にある常夏の首都「**キト**」が読み取れる。前にも触れたように、メルヴィルにとってはお気に入りの「**キト**」である。

　15世紀頃まで、インカ帝国の傘下にあったエクアドルは、16世紀前半スペインに滅ぼされ、紆余曲折の後1830年に独立している。

住民は、2000〜3000ｍの高原地帯に住む。コトバクシ山をはじめいくつか火山がある。1843年までに鋳造されたエクアドル金貨のデザインは、コロンビアの金貨とよく似ていると言われる。

（参考：Carlos Jara, *CoinWeek*, Sept. 23, 2013）

　メルヴィルは、本物のエクアドル金貨を実際に見ていると想像するのだが、最近のラテンアメリカの「コイン・サイト」を覗くと、1840〜1850年代のエクアドル金貨のデザインは、メルヴィルの説明の通りであった。

　メルヴィルの解説を若干引用する。「それらの文字に囲まれて見えるのは、アンデス山脈中の山嶺とおぼしき三つの嶺で、そのひとつの嶺からは火が噴きだし、別の嶺には塔がそびえ、もうひとつの嶺では雄鶏が時を告げている」（八木訳）とある。更に「これら全体をアーチ状に覆っているのは黄道十二宮の一部で、それはいくつかの『宮』に区切られて、それぞれが例の神秘的な図柄で飾られ、すべての要をなす太陽は、今まさに『**天秤宮**』のところで秋分点に入ろうとしている」（八木訳：網掛け部著者修正）と説明が続く。「**秋分点**」の部分を除けば、多くの訳文はほとんど変わらない。この「**秋分点**」という所は、原書では「**equinoctial point**」となっており、これを八木訳では「分点」、田中訳、幾野訳では「昼夜平分点」とある。阿部訳では「春秋二分点」となり、高村、野崎、富田訳は、田中らの訳とほぼ同じで、辞書の説明に忠実ではあるが、曖昧な翻訳で不正確な表現である。

　しかし、太陽が黄道十二宮（**Zodiac**）の「天秤座（**Libra**）」の所にあるという説明だけでは、実際コインを見たことのない我々読者には、メルヴィルの説明だけでは釈然としない。コインの図案が気になるので、調べてみた。コインを真上から見れば、確かに太陽の右隣に描かれているデザインに注目すると、右図のような浮彫の図案（ギリシャ語の Ω・オメガに下線を引いたような絵）が小さく刻み込まれている。占星術の記号を調べたところ「天秤座（**Libra**）」のシンボルであることに間違いない。

黄道十二宮の七番目の宮である。太陽の季節で言えば、9月23日から10月22日に相当しているので、明らかに「**秋分点**」である。

　太陽の左側には、六番目の「乙女座（**Virgo**）」が配置されているはずなので、よく見るとイタリックの小文字（*m*）に（*p*）が寄り添った風情のデザインが確認できる。

　この金貨の前で、エイハブが他人の目もはばからず考え込んでいる。「山頂とか塔とかすべて雄大で高くそびえ立つものには、自己本位的な何かがある。見よ、あの三つの嶺が"**明けの明星**（*Lucifer*）"のように、誇らしげではないか。堅固な塔、あれはエイハブだ。あの火山、あれもエイハブだ。勇敢で挫けることのない、勝ち誇ったあの鳥も、エイハブだ」と、エイハブ船長の気持が表現されている。

　この金貨は、丸い地球の似姿であり、魔法の鏡だ。あらゆる人間の、内密な己の姿を映し出す鏡なのだ。

　ここで、舷檣に寄りかかっていたスターバックが、そっと呟く。「<u>妖精の指跡</u>が、金貨に付いているはずはない。きっと<u>悪魔の爪痕</u>が、昨日からあそこに残っているに違いない」と。更に続けて「エイハブは、**ベルシャツァル**の恐ろしい文言を読んでいるらしい。おれは、あの金貨をまじまじと見つめたこともないが」とつぶやく。

　ダニエル書（5-5）には、「壁に字を書く幻の手」という表題で、ネブガドネツァルの息子であるバビロニア最後の王「**ベルシャツァル**」に関する記述がある：「その時、人の手の指が現れて、ともし火に照らし出されている王宮の<u>白い壁に文字</u>を書き始めた。王は書き進むその手先を見た。王は恐怖にかられて顔色が変わり、腰が抜け、膝が震えた」とある。

『白鯨』119章では、その白い壁に書かれた文字の謎解きをする、ユダヤ人の捕囚・ダニエル（ダニエル書：5-25〜28）に関する、興味深い解説も出てくる。

　鯨油かまどの近くで、二人の様子をそっと見ていたスタッブが、現実的な話をする。スタッブが言うには、**エクアドル金貨**は、少々変わり種だが、**ダブロン金貨**なんぞはあちこちで散々見てきたと言う。

例えば、スペインの金貨やペルー、チリ、ボリビア等のダブロン金貨についてだ。これらの金貨は、明らかに、スペイン（イスパニア）帝国時代の植民地通貨制度の残滓なのだ。

　「スタッブよ、この金はどこから持ち込んだのか知っているのか？」と聞きたい。16世紀初めから始まったスペインによるラテンアメリカ支配は、**殺戮と搾取**の修羅場だ。極悪非道・非人道的なものであり、『旧約聖書』詩編・137章も顔負けの地獄で、ナチスの「**ホロコースト**」をはるかに超えた残虐さは、驚くべき歴史的な大事件だ。

　ラス・カサスの報告[1]によれば、「イスパニュラ島（現在のハイチやドミニカ共和国）には、約300万人のインディオが暮らしていたのが、今では200人しか生き残っていなかった」という驚きの記載がある。

　これはほんの一例に過ぎない。"およそ五千万人もいたインディオの人口は17世紀には四百万人に減少"[2]とも記されている。

　スペイン人は、インディオを労働力として奴隷化し、劣悪な環境下での強制労働によって鉱山開発や大規模農園を経営していたのだ。

　インディオを酷使することによって、大量の金銀がスペインに流れ込み、金貨、銀貨はつくられて各植民地の通貨になったのである。

　その恩恵は貴族・商人たちばかりか、聖職者にも及んでいる上に、カトリック教会は<u>インディオをキリスト教徒に強制的に改宗させること</u>をも義務づけていたのだ。

（6-3）　太平洋の彼方へ

　スンダ海峡を北上しているピークオッド号は、やがてイギリスの旗を掲げた「サミュエル・エンダルビー号」に出会う。「白鯨をみたか」とエイハブは、口にラッパをあてて大声で呼びかける。

　「これが見えるか」と、イギリス船のブーマー船長が隠されていた腕をまくると、抹香鯨の白い骨でできた二の腕をまくし上げる。

　エイハブと同じような抹香鯨の犠牲者がいたのだ。元気づいたエイ

ハブは直ちにボートを降ろし難儀しながらも、イギリス船に乗り込み、「鯨腕と鯨足」の、片時の交流に臨んだ。

「白鯨といえば」と、ブーマー船長は象牙色の腕を伸ばし望遠鏡を覗くように東の方向に向けると「昨シーズン、赤道上で偶然遭遇した」と言いつつ、その経緯をエイハブに説明する。船を赤道上に走らせたのは初めてであること。その時まで、白鯨のことは知らなかった由。数頭の鯨を追っていた最中の話で、銛を打ち込んだ相手というのが、<u>乳白色の頭と瘤</u>をもつ、恐ろしく大きな鯨だったことなどを話す。

　更に、鯨の右ヒレのあたりに、銛が何本も刺さっていたことなどを、エイハブに説明したのである。「白鯨に間違いない」とエイハブは確信したのである。腕を失った際の生々しい話や、その腕にまつわる獣医からの詳しい話がしばらく続くが、「白鯨には二度と関わり合いたくない」というブーマー船長を後にして、エイハブは、ピークオッド号に戻るのである（100章）。

　続いて「サミュエル・エンダルビー号」（101章）にまつわる話として、この船の名前の由来となる逸話をメルヴィルは紹介する。新漁場開拓の意気込みで1788年にエンダルビー一家の捕鯨船「アメリア号」が、勇敢にもホーン岬を回り太平洋に乗り出して、貴重な鯨脳油を満載して母港に帰港するという成功話が語られる。

　更に1819年には、この一家が、捕鯨船「サイレン号」を仕立て、はるばる**日本沖**まで遠征し調査捕鯨を行っていたことを述べ、おかげで有望な**日本沖漁場**が世に知られるきっかけを与えたことなどの紹介である。ところで、日本沖と言っても、実際に鯨の捕獲量が大きいのは、<u>4月から9月にかけての季節</u>であることを、メルヴィルは知っていたのかどうか、それは分からない。

　いよいよ、日本がすぐ目の前に登場してきたかのような雰囲気が見える。エイハブの戦場が徐々に近づいている兆候だ。

　少し飛ばして109章まで読み進めると、次のような文章が現れる。"さて、ピークオッド号は南西方向から<u>台湾およびバシー諸島の近く</u>をゆっくり進んでいた。そこは南シナ海から太平洋への熱帯海域の出口の

一つになっている"と。

　スターバックが船長室に入ると、船長は、東洋の多島海の地図と長い日本列島の東海岸に見える本州、松前、四国を示した別の地図を広げていたのである。

　船倉の油が漏れているので、急いで修理しなくてはとスターバックが船長に迫るものの、「日本が近づいているのに、ここで一週間も無駄にはできないぞ。停船して穴をふさぐつもりはない」と突っぱねる。

　船主のことを心配するスターバックをさえぎり「船主が何だ。欲張り船主たちは、わしの良心ではない」「ピークオッド号を支配するのは船長ただひとりだ。さがれ！」などと激高したエイハブは叫ぶ。

　スターバックは船長室を去る前に、冷静で意味深長な言葉を吐く。「スターバックに気をつけろとは言いませんが、エイハブはエイハブに気をつけなさい」といって出て行ったのである。

　一等航海士のような重要人物を無視するのは、本音ではないと判断したのか、エイハブは言われた作業をすばやく実行させている。

　次に「バシー諸島を抜けると、そこには広々とした南の海が開けていた」と111章「太平洋」の冒頭の文章は語る。メルヴィルの原文では「Bashee isles」とあるが、「Bashee」の綴りは本来「Bashi」であり、「Bashi channel（バシー海峡）」という表現の方が正しい。

　バシー海峡の南側には、三つの海峡があり、「バタン諸島」や「バリアン諸島」は、地図に見えるが、「バシー諸島」という名称は存在しない。

　船の後尾のあたりにたたずむエイハブの鼻を「バシー諸島から漂う甘い麝香の香」が刺激するという表現は、勇み足のようだ。

　それはともかく、この章の末尾の方に日本が再び登場する。「この海には、憎むべき白鯨が泳いでいるに違いない……とうとう最後の海域に踏み込み、日本沖にまで滑り込んだのだ」と、老船長の決意は一層固まったのである。

　更に114章の書き出しでは「日本（沖）の捕鯨場の中心部の奥深くへ進入するにつれて、ピークオッド号の捕鯨活動は活発になった」とある

　ものの、どの辺の日本（沖）なのかは、はっきりしない。
　118章の出だしでも「赤道へ向かうべき季節は、ついに近づいてき
た」とある一方、「さて、日本の近海では夏の日々は輝く光彩の氾濫の
ようである」（田中訳）という表現が現れる。メルヴィルは、アメリカ
東海岸から、はるか遠い太平洋かなたの、光り輝く日本を想像しながら
書いているらしいが、「日本の近海」とはどこを指すのか不明である。
　上記の下線部に相当する英文を引用してみると、次のようである。
"Now, in that **Japanese sea**, the days in summer are as freshets of effulgences."
とある。「**Japanese sea**」を直訳すれば、「日本の海」。だが「日本の近
海」とか「日本海域」という和訳にしても何だか漠然としている。「赤
道へ向かう季節が近づいている」という表現からすると、ピークオッド
号は、まだ「日本の近海」をうろついているのかも知れない。この章の
終わりあたりでエイハブがつぶやく。
「おお太陽よ、白鯨はどこにいる。今この瞬間にも汝は"やつ"を見て
いるはずではないか」と、役に立たない四分儀に腹を立て甲板に叩きつ
けたのだ。自分の行先も位置も羅針盤と速度測定器だけで充分だと言う
と急に船の方向を反転させた。エイハブは勝負に出たのだ。

（6－4）　セント・エルモの火

　穏やかな気候の中、光り輝く日本の海域を航行していると、突然激し
い嵐に遭遇する。日本の台風である。雲一つない晴天の日、静かな町
に突然爆弾が炸裂したかのようだ。その日の夕刻頃には、台風のため、
ピークオッド号の帆はすべてちぎれ、帆柱だけになってしまう。風上に
吊るしてあったエイハブのボートに穴があいた。稲妻が船全体を照らし
出す。すべての帆桁の先に青白い炎が輝く。三本のマスト先端が、まる
で祭壇の前の巨大な蠟燭のように音もなく燃えていた。
　スタッブは叫ぶ、「**セント・エルモの火**よ、助けたまえ」と。
「**セント・エルモ（St. Elmo）**」という名称は、中世ドイツで尊敬され

ていた14聖人の一人で、イタリアの司教でもあり、殉教者であった「**St. Erasumus**」の略称である「**St. Ermo**」を経て、イタリア語風に訛ったものとされている。メルヴィルの原文には「*corpusants*」とあるのは、もともとラテン語の「*corpus sanctum*」（聖体）に由来する言葉で、ラテン語の綴りと混同しているようだ。

地中海の船乗り達の「守護神」であった「**セント・エルモの火**」とは、激しい雷雨の際に起こる放電現象である。船のマストの先端や教会の塔、航空機の翼などにも観測される現象で、空気中には窒素や酸素が含まれているので青白く発光する。気体が、ヘリウムなら黄色、ネオンであれば赤橙色に発光する。街中のネオンサインを思い出してみればよい。

メルヴィルよりずっと以前（1832年）に、あのダーウィンもビーグル号に乗っていた時に「セント・エルモの火」[3]を目撃し、目を見張る情景を恩人である J. S. Henslow[4] に、次のように伝えている。「何もかもが炎に包まれている。空は稲光に溢れ、海は光り輝くイルミネーションの波だ。そして、すべてのマストの先端からは青い炎が噴き出ている」（試訳）と。まさに電気嵐の中にいたのである。

99章の「**ダブロン金貨**」の話の中で、エイハブの頭に浮かんだかも知れないという「ベルシャツァルが読んだ恐ろしい文言」（ダニエル書：5-5）に触れたが、イシュマエルは、この「**セント・エルモの火**」に包まれたピークオッド号をみて、「**神の燃える手**」が織り込まれていると感じる「**メネ、メネ、テケル、ウパルシン**（MENE, MENE, TEKEL, U-PHARSIN）」（ダニエル書：5-25）を思い出す。

ところで、この括弧内に示されるローマ字文は、ヘブライ語の方言であるアラム語で書かれたものとされるが、ガリラヤ湖畔でキリストが伝道を開始した時の言語はアラム語であったという説がある。

さて、上記の呪文のような文章は、エイハブにとっては不吉な言葉であるが、その解釈は、ダニエル書（5-26～28）に書かれている：「**メネ**は数えるということ、神はあなたの治世を数えて、それを終わらせたのです。**テケル**は量を計ることで、あなたは秤にかけられ不足と見なされ

ました。**ウパルシンは分けること……**」（新共同訳）

　乗組員たちの度肝を抜いたこの青白い「**セント・エルモの火**」もやがて収まると、スタッブはスターバックにしっかりした言葉を投げかける。「聞いてください。マストの先端で燃えた、あの火は、幸運の印ですよ。三本のマストは、三本の鯨油の蠟燭じゃないですか。良い徴候ですよ」と。スタッブは正しい。「**セント・エルモの火**」は、そろそろ嵐が収まる前触れなのだ。**希望の炎**だからだ。

　激しい雷雨を伴う嵐の中、広野にポツンとそびえる巨木は、落雷の目印になり非常に危険だ。しかし、エイハブの強気は消えない。

「あれを見よ！　あの白い炎は、<u>白鯨への道を白く照らしている</u>」と。マストの帆はすべて飛ばされ、エイハブのボートには穴が開いた。

　気が気でないスターバックは、エイハブの腕をつかむ。「神が、神が、あなたに怒りを向けられています。船長、自制してください。**不吉な航海**です。悪いことが重なっています。故郷に舵を切りましょう」と。

　真夜中も過ぎたころ、スターバックやスタッブ達の奮闘で船の応急処置も終え、三本マストに新しい帆が張られると、船は再び、確かな足取りでほぼ正確に航行できるようになった。針路は当面「東南東」に向けられていた。スターバックはエイハブに報告すべく、気が進まないまま船長室に向かった。船長室のランプが揺れている。壁際に数丁のマスケット銃が見えている。スターバックは、こうつぶやくのだ。

「いつだったか、船長は俺に銃を向けたな」と。一瞬、スターバックの心に邪悪な考えが浮かんだのかも知れない。

「今、船は順風に乗っている。それを、俺は報告に来たのだ。どんな順風というのか。死と運命のための順風ではないのか。それは、呪われたモビー・ディックに向かう順風ではないのか」、「この銃でエイハブは俺を殺そうとしたのだ。いや、彼は乗組員を全員殺しかねない。この狂った老人は、皆を道連れにするつもりか」と自問する。

「このまま放っておけば、船長は殺人犯だ。船長がいなくなれば、罪を犯さずに済む。何か法にかなう手段はないのか？　船長を縛り付けて監禁する？　遠いナンタケットまでの長い道のりに"**虎**"を縛りつけてお

けるのか？　それは無理だ。ではどうすれば？　一番近いのは西の方にある日本だ。しかし、日本は扉を閉ざしているではないか」と。

「生きるべきか、死ぬべきか」全く決断のつかない『ハムレット』のスターバックがそこにいた。大洋の真ん中で立ち往生だ。

「船長、風は収まり、向きも変わりました。船は予定の針路に向かっています」と、これが彼の精一杯の解答だった。

　翌朝、まだ波の収まらない中を、太陽を背に、船はゆったりとした大波を押し分けて東南東方向に進んでいた。突然エイハブが舵手を怒鳴りつける。「嘘つきめ」と。何故、誰も気が付かなかったのだろうか。

　慌てて、エイハブが「羅針盤」を覗く。船は西に向かっているのに羅針盤は、舵手の言うとおり「東南東」を指していた。昨夜の落雷で羅針盤が壊れていたのだ。エイハブは、直ちに船を反転させた。更に手づくりの羅針盤で皆を黙らせたのだった。

　手製の羅針盤で、船は再度針路を南東方向に舵を取り、赤道を目指して進んでいった。

　翌日、「レイチェル号」という大きな船が、風上から真一文字にピークオッド号に向かってきた。何やら慌ただしい雰囲気の出会いだった。

　相手の船長が声をかけてくる前に、機先を制してエイハブが聞く。

「白鯨を見なかったか」と。「見た。昨日見た。あんた方は、流された捕鯨ボートは見なったか」と相手の船長も尋ねる。ナンタケット出身の顔見知りの船長が、急いでピークオッド号に乗り込んできた。

　挨拶も程々に、エイハブは白鯨のことが知りたくて仕方がない。「奴はどこにいたか？　殺しはしなかったか。どんな具合だったか」と矢継ぎ早に質問を投げる。「レイチェル号」の船長が慌ててピークオッド号に乗り込んできたのには訳があった。ボートで白鯨を追いかけている最中に、二人の息子が他の乗組員もろとも、消えてしまったこと。だから、彼らの捜索を続けているところであり、ピークオッド号に捜索の協力を仰いだのだった。年若い息子を一度に失った衝撃にエイハブの心も一瞬動いたようだったが、結局動じることはなかった。

「レイチェル号」の船長は、失意のうちにピークオッド号を去って行っ

た。ピークオッド号の視界から見ると、「何かあきらめきれない気持で、右に左に揺れ動きながら遠ざかるレイチェル号の姿は、子供達を失って嘆く"ラケル（Rachel）"の心境そのものであった」と。

「ラケル」とは、創世記29章に現れる、ヤコブの「姉妹連帯婚」の相手、ラバンの娘・ラケル（妹）のことを指している。姉のレアと共に「イスラエル12部族」の母となる。エレミヤ書（31–15）には、次のような記述が見える。「主はこう言われる。ラマで声が聞こえる。苦悩に満ちて嘆き、泣く声が。ラケルが息子たちのゆえに泣いている。彼女は慰めを拒む。息子たちはもういないのだから」と、ここでも、メルヴィルは『聖書』の話を織り込んでくる。

昨日、"Moby-Dick"に偶然出くわしたという話を、エイハブは聞いたばかりだ。とうとう、<u>痛み続ける傷を負わされた場所</u>、まさにその緯度と経度の近くにたどり着いたと強く実感したのである。

28章でエイハブが<u>片輪になった場所</u>とは「日本の沖」だったとゲイ岬の老インディアンが語っていた。赤道上の「日本の沖」とは、一体どこなのだろうか。

エイハブの目つきは、日に日に鋭くなり、謎めいたゾロアスター教徒のフェデラーも不気味さを増し、常に甲板上をうろついていた。

子供を捜すレイチェル号と別れてから、もう3、4日過ぎたが、一向に鯨の潮吹きにはお目にかかれない。偏執狂のエイハブは、銛打ちやゾロアスター教徒を除いて、部下の忠誠心に疑問をいだき始めたようだった。

ピークオッド号は、真一文字に航行を続けていた。転がる波のように日々も過ぎていった。救命ブイの棺桶が、静かに揺れていた。やがてその名に相応しくない惨めな姿の「歓喜（delight）号」という船が、遠くから近づいてきた。その船の後甲板には、壊れかけたボートが吊り下げられていた。エイハブの口癖が飛ぶ。「白鯨は見たか」と。頬のこけた相手の船長は、残骸をさし示しながら、昨日死んだ一人の男の水葬の準備を指示しているところだった。屈強な男達が五人も死んだのだ。残りの男たちは、すでに海に沈んでしまっていた。

歓喜号では、今まさに一人の水夫の水葬を開始すべく、遺体袋を投げ落とそうとしたところなのだ。エイハブ船長は、すばやくピークオッド号を急発進させ、傷心の歓喜号から遠ざかろうとした。

　ピークオッド号を追って、その背後から不吉な声が響きわたった。「おーい。そこの船よ、悲しい葬式から逃げ出そうとしても、それは無駄だよ。お前さんのお尻に棺桶がぶら下がっているじゃないか」と。

　人は時に、感傷的な気分に沈むことがあるものだ。穏やかな日々が続き、光り輝く太陽の下、紺碧の空と青い海が一体となり、互いに溶け込むような雰囲気の中に、真っ白な海鳥が一羽、大空に輪を描きながら滑るように漂う姿を眺める時、苦悩で濁る魂に、ふと柔らかな摂動を与えることがあるかもしれない。"白鳥は、悲しからずや……"

　今は、皺も増え年老いたエイハブにも、楽しく飛び回った天使のような時期があったはずだ。故郷には、若い妻と坊やが待っている。

　エイハブは、舷側から身を乗り出して水面（みなも）に映る自らの姿を凝視していた。静かに寄せては返す波間に沈む影は、一体何を語りかけただろうか。エイハブの目からは、一筋の涙が海にこぼれ落ちていった。そのエイハブの姿を認めたスターバックが、静かに近づき、彼の側に歩み寄った。エイハブは気が付いて、ゆっくり語りかける。

　「なんという穏やかな風、穏やかな空だ。ああ、今日と同じさわやかな日だった。十八の時だった。最初に鯨を仕留めたのは」と、エイハブは昔を回想する。休む間もなく鯨を追いかけてきた40年、海の危険と恐怖とも闘った40年があった。平和な陸地を見捨てて荒海の中に飛びだしたエイハブ。そのエイハブが、自戒を込めてスターバックにささやくのだ。

　「この40年もの間、おれは干からびた、塩辛いものばかり食ってきた。おかげで、魂まで干からびてしまったのか。狂ったように獲物を追いかけてきた。何のための40年間だったのか。その結果、エイハブはどれだけ豊かに立派になったというのか。この片脚が、40年の代償なのか？」と。

スターバック

スターバックに、もっと近くによって「君の瞳を見せてくれ」と頼む。素直な人間的な愛の心が湧き出したのか、恋人の瞳を見るようにスターバックの顔を覗きこむ。「緑の牧場、明るい暖炉のそばに、わしの妻と子供がみえる！　これは、魔法の鏡だ！」と。「スターバックよ、君は船に残れ。白鯨を追いかけている間、船に残ってくれ。危険を冒すことはない。故郷を大切にしろ」と。

　スターバックは、エイハブの優しさに励まされて叫ぶ。「船長、あの憎むべき鯨を追うのをやめましょう。この恐ろしい海から逃げましょう。故郷に戻りましょう。妻や子は、わたしにもあります。針路を変えさせてください。懐かしいナンタケットに帰りましょう」と必死に船長を説得する。

　だが、エイハブの名状しがたい脅迫観念は、少しも揺るぐことはなかった。決められた軌道を回る天体のように、自らの軌道からは逃れられない自分を意識していたのだ。自分とは一体、何なのだと。

　最後に、エイハブはスターバックに語りかける。「草刈人が干し草の上で寝るように、我々は、どんなに苦労して働いても最後には野辺で眠るのだ」と。

（6－5）　白鯨との死闘へ

　白鯨を読み進めていくうちに気が付くこと、それはメルヴィルが様々な場面で、ピークオッド号やエイハブ船長らの運命に関して、意味ありげに語るヒントについては、本書第二章、第五章でも幾つか指摘してきた。

　ただし、117章に書かれている「フェデラー」と「エイハブ」の言葉の遣り取りなどは、まさにこれから読み進める133〜135章の結末を、あらかじめ先取りした意図的な予言（筋書き）のように見える。

　ピークオッド号が、陽気な「バチェラー号」に出会った翌日、四頭の鯨を仕留めたあとの夕方に、船長を始め、皆疲れで眠り込んでいた時、

エイハブのボートに横付けされていた鯨の周りで騒ぐ鮫が船板を叩く音にじっと耳を傾けるゾロアスター教徒のフェデラーがいた。

　ふと目覚めたエイハブがフェデラーに語りかける。「わしは、またあの夢を見た」と。フェデラーが答える。「霊柩車のことかね？　親父さん。霊柩車も棺桶もあんたには関係ないと前に言わなかったかい。もし、あんたが今度の航海で死ぬことがあるとすれば、海の上で二つの棺桶を見てからだ。最初の棺桶は人の手でつくられたものではない。二番目に見る木製のものは、アメリカ産でなければならない。

　信じる、信じないかは別として、それを見るまでは、あんたは死ぬことはない。いずれ、終わりの時が来るまでは、わしは、あんたの水先案内人のままだ」と。エイハブは、また答える。「じゃあ、水先案内人よ。おぬしの言うことをみんな信じることにしよう。わしの方も、誓うことにする。白鯨を仕留めて、長生きすることだ」と。

　すると、フェデラーが「もう一つ誓約がありますよ、親父さん。あんたは麻縄以外では死なないよ」と（以上参考：田中訳・八木訳）。

　いよいよ、白鯨の追跡がはじまる。以下にその概略を紹介したい。

（追跡：第一日目）

　訓練された猟犬のように、エイハブは、始めから白鯨を追尾する宿命を信じていたようだ。この夜半、自らも先頭に立って監視を怠らなかった。突然、船べりに顔を出して鼻をぴくつかせながら、空気の臭いを嗅ぎつけるや、鯨が間近にいると確信した。暗い夜には、視覚よりも嗅覚が有効だ。間もなく、生きた抹香鯨から放たれる特有の匂いには、すべての当直も気がつく。エイハブは、羅針盤や吹き流しを見ながら、直ちに船の針路を少し調節した。

　夜が明けるにしたがって、この判断は正しいことが明白になった。滑らかな鯨の航跡が潮流のように広がっていた。マストの上部近く、高みに昇ったエイハブが、水平線をさして叫んだ。「潮を吹いたぞ！　潮を吹いたぞ！　雪山のような瘤が見える。モビー・ディックだ」と。

　三隻のボートが、直ちに降ろされた。スターバックは船に残った。

　エイハブのボートが先頭を切り、風下めがけてまっしぐらに進む。音を立てずに追跡していくうち、ついに獲物の姿がはっきり見えてきた。息を殺して近づくハンター達に白鯨は全く気付いていないようで、見事な瘤もはっきり認められた。また、その背中にはまだ新しい、長い折れた槍のようなものが突き刺さっていた。白鯨は、一瞬海面にその姿を現したと思いきや、たちまち水中に姿を消した。

　小一時間も過ぎたころ、突然白い鳥の一群が、エイハブのボートの近くを旋回し始めたのである。鯨は近くにいる。エイハブが、海面を覗きこむように凝視していると、小さく見えた白い塊が見る見る巨大化し、口を開けて浮き上がってきたのだ。とっさに、エイハブは、ボートを反転させようとしたが、遅かった。白鯨の巨大な顎が、ボートを真二つに噛み砕いてしまった。白鯨の大波に飲まれたエイハブは、何とか浮き上がり、スタッブのボートに救助される。犠牲者は出なかったが、銛を一本も打たずに、この日は終了した。

（追跡：第二日目）

　夜明けも近いころ、長年の経験から鯨の動きや針路を予測していたエイハブ船長は乗員と一丸となり白鯨の追跡を開始していたところ、突如一マイルも離れていない海面に白鯨が姿を現し、待ち構えたかのように、追いすがる三隻のボートめがけて、大きな口を開け、体を反転させて突進してきた。白鯨が、捕鯨船に立ち向かってきたのだ。

　21歳の時、メルヴィルは捕鯨船「**アクシュネット号**」に平水夫として乗っていた。1841年の航海の途中、偶然「**エセックス号**」（1820年11月20日、ガラパゴス諸島の西約2800km付近の赤道近く、白鯨に攻撃されて沈没）の一等航海士の“Owen Chase”の息子と対面している。

　ナンタケットの捕鯨船「リマ号」との「交歓会」の席上であった。その際、エセックス号沈没の状況を聞きだし、更に父親の回想録などを借り受けたメルヴィルは、多大な刺激を受けたと言われている。

　従って、『白鯨』は小説ではあるが、「エセックス号」事件に触発された実話的な部分も含まれており、作者の想像力だけでは、到底書き上げ

られない描写も現れる。

「エセックス号」事件の30年後の1851年には、ニュー・ベッドフォードを出港した「アン・アレグザンダー号」が、太平洋で巨大な抹香鯨に攻撃されて沈没するという、驚くべき事件が起きている。偶然と言うべきか、メルヴィルが『白鯨』を出版した、丁度その年でもある。

（参考：『クジラとアメリカ』原書房、2014）

　第二日の追跡は、またもや失敗に終わった。ゾロアスター教徒のフェデラーは消えてしまったのだ。

「あなたの綱に絡まって、そのまま海中に引きずりこまれていくのを、見た気がします」とスタッブがエイハブに告げる。

　スターバックはエイハブに訴える。「イエスの名において、もうお止めください。二日続けて二度ともやられました。あなたの脚も、またもがれました。……これ以上何をお望みですか？　……皆と共に海の藻屑になりたいのですか」と。

　しかし、エイハブはどこまでもエイハブだ。エイハブはつぶやく。「フェデラーが消えた？　フェデラーは、わしより先に逝くことになっていた。だが、もう一度姿をみせるはずだ」と。

　万事は前夜と同じように過ぎていった。水夫たちは翌朝に備えて予備のボートの装備の点検に余念がなかった。エイハブの義足も新たに作り直された。

（追跡：第三日目）

　三度目の朝も好天にめぐまれ静かに明けた。エイハブの魂の船が、最後の旅立ちに臨んだのだ。まるで時が停止したかのような一時間が過ぎた頃、風下の方にエイハブは「鯨の潮吹き」を認めたが、やがて鯨は海面下に消えた。舳先に波を受けながら、皆深い沈黙の時間を待ち続けていた。すると突然、近くの海面が大きく膨らみ、氷山が急に浮き上がるかのように、巨大な白鯨が躍り出た。銛や槍が突き刺さり縄の絡まった鯨の巨体がはっきり認められた。しかもその背中には、半ば引き裂かれ、縄でぐるぐる巻きになったフェデラーの姿があった。

　予言者の開かれた眼は、エイハブを凝視していた。思わずエイハブの
手から銛が転がり落ちる。エイハブは叫ぶ。

「……確かに、おぬしは先に逝ってしまった。これが、おぬしの約束し
た棺桶か？　第二の棺桶はどこだ？……」と。

　エイハブのボートが白鯨を追いかけるも、復讐にもえる白鯨は、接近
してくる「ピークオッド号」の方に向きを変えると、猛然と突進し始
め、黒い船首の右舷に体当たりしたのだ。船は徐々に沈み始めた。

　ただ一艘残ったエイハブのボートの近くに、白鯨が浮上してきた。直
ちに銛が何本か打ち込まれたものの、逃げる鯨に強く引かれた麻縄が、
エイハブの首に絡み付き、音もなくエイハブは海に没した。

　沈みゆく船が巻き起こす大渦は、命あるもの、ない物もことごとく巻
き込みながら、やがてピークオッド号も姿を消したのだった。

　エイハブの水先案内人「フェデラー」とは、一体何者だったのか。

　エイハブの影武者なのか、それとも虚像か。

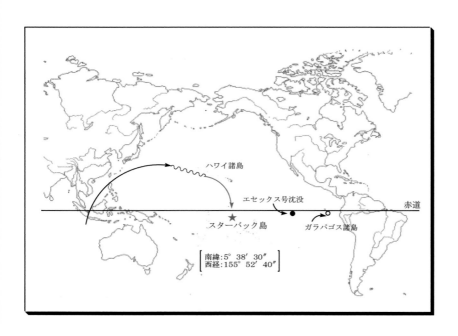

エイハブ自身は、確信的なナルキッソスだったのかもしれない。

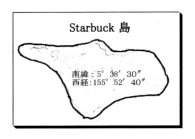

Starbuck 島

南緯：5°38′30″
西経：155°52′40″

「エセックス号」の沈没した場所の概略は、前頁の地図の（●）に示されているが、ガラパゴス諸島から西方へ約2800kmに離れた海域と推定されている。しかし「ピークオッド号」が、太平洋の赤道近辺のどの海域で沈没したかに関しては、メルヴィルは、何ら明言しようとはしていない。

はたしてどこなのだろうか？　読者の想像に任せるということなのかもしれない。入手可能な、多くの訳本をチェックし比べてみても、この件に関して何らかの疑問や解説、考察を加えている文献に、全くお目にかかれないのである。

著者の見解をはっきり提示するとすれば、それは「**スターバック島**」あたりの海域であると結論づけられる。何故なら、一等航海士であった**スターバック**が運命を共にした場所、それは棺桶として海に沈んだ「ピークオッド号」そのものであり、そこに彼は埋葬されているのだ。

「**スターバック島**」とは、ハワイ島の南方、約3200kmに位置する東西8.9km、南北3.5kmのごく小さいサンゴ礁の島で、海抜6mの無人島である。この島を最初に発見したのは、**"Obed Starbuck"**（1797－1882）というナンタケット生まれの鯨取りで、捕鯨船「ヒーロー号」で航海していた当時（1823年）この島を発見している。その船長にちなんで名付けられたのが「**スターバック島**」である。メルヴィルは、当然この島のことは百も承知していたはずなので、その名称を「**一等航海士・スターバック**」に採用したものと考えられる。メルヴィルはこの島の西約1500kmに位置する「マルケサス諸島」や南南東方向にある「タヒチ島」や「エイミオ島」に上陸しており、その体験が『タイピー』や『オムー』などの南洋冒険小説の種となっている。

東太平洋のポリネシアはメルヴィルの箱庭なのだ。

「**スターバック家**」（17〜19世紀）は、代々ナンタケットで捕鯨業を営

む名門で、そのメンバーの何人かは太平洋で様々な島を発見し注目されていた（参考：Wikipedia「Starbuck: Whaling Family」）。

『白鯨』という小説は、一種の推理小説とも考えられるのだが、そのように主張をしている翻訳者や評論家は皆無のようだ。

メルヴィルは、あちこちに謎めいた人物やヒントを多数散りばめており、読者を幻惑してやまない作家である。

また、読み進めるうちに気が付くことは、同性愛的な雰囲気の見える人間模様も、『白鯨』の最後の風景を理解する上で、きわめて重要なヒントを我々に与えてくれていると思う。

（その一）：イシュマエルとクイークエグとの関係

　3章に現れる「潮吹き亭」以来、親友と言うよりも「心の友」となった銛打ち「クイークエグ」、ベッドでの添い寝や煙草の回し飲みなどの描写にもあるように、二人は「恋人か夫婦」のような、同性愛的な関係を作り上げている。

　110章に進むと、過酷な環境下の船倉で作業させられていた相棒のクイークエグが、体調を崩し熱病で死にそうな場面に直面する。

　自らも覚悟したのか、突然「**カヌー型の棺桶**」を造ってほしいと訴えるが、クイークエグはやがて回復し、銛打ちとしての仕事に復帰するものの、最後は「ピークオッド号」と運命を共にすることになる。

　残された「**棺桶**」は、救命ボートとして唯一イシュマエルの命を救う宿命を背負う。そこにはクイークエグとイシュマエルとの間の切り離すことのできない強い絆が結び付けられていると考えられる。

（その二）：エイハブとスターバックとの関係

　エイハブとスターバックの間柄は、対立する場面もあるが、お互いに何か惹かれるものを持っている。132章「交響曲」の記述の中で、何気なくしみじみとスターバックに訴えかける、船長らしくないエイハブの姿があった。138〜139頁にかけて、二人の親密な会話を先に紹介したが、エイハブがスターバックに哀願するような言葉は、まるで恋人に囁

きかけるかのようだ。「もっと近くに寄って君の瞳を見せてくれ」という男同士では通常ありえない雰囲気だ。スターバックの瞳に映るエイハブの小さい似姿を通して、エイハブ自身の心象風景が広がっていた。

さて、捕鯨船は通常3〜4年間という長い期間、故郷に戻ることもなく、ひたすら鯨を追いかけている。しかも、男だけの閉ざされた空間に縛り付けられている。軍隊や刑務所の中などと全く同様だ。そのような環境では、しばしば同性愛的な空気が生まれる可能性はかなり高いと考えられる。

少し戻れば、94章の「手を握る」という場面で、イシュマエル自身も脳油の塊に直接触れながら「今にも私は、脳油に溶解していくのではないかと感じた……ついに奇妙な狂気が忍び込むのを覚えた……気が付くと私は、同僚の手を、あの優しい球体と間違えて握っているではないか……私はなおも友の手を強く握りながら……じっと瞳をこらして相手の目を見上げた」（参考：八木訳）という悩ましい記述も現れる。

メルヴィル自身も同性愛的な嗜好を備えているという指摘があるように、彼の作品はほとんど「男の世界」であることも確かである。

エイハブは「白鯨」という十字架に乗せられ、スターバックは故郷とも言うべき「ピークオッド号」とともに海中深く没してしまった。

エイハブの水先案内人であったフェデラーは、エイハブの虚像であり分身、スターバックはエイハブの良心の代弁者ともいえる。

「私の名はメルヴィル！　イシュマエル！　何とでも呼んでくれ」という錯綜とした気分がメルヴィルの内奥に浮かんだはずだ。

最後に指摘しておきたい作品として、メルヴィルと同時代の作家である、エドガー・アラン・ポー（1809 - 1849）の『ナンタケット島出身のアーサー・ゴードン・ピムの物語』という小説に触れておきたい。

この小説の冒頭は、**「わたしの名は、アーサー・ゴードン・ピムという。父は、ナンタケット島で船の食料品の取引を行う立派な商人であった」**から始まる。友人に誘われ、うっかり乗った小型帆船が漂流するうちに、たまたまイギリス船「ジェイン・ガイ号」に救助され、『白鯨』にも登場する「クローゼ諸島」から南極近辺までを航海するスリリング

な冒険物語である。

　メルヴィルはこの作品を全く引用していないが、この小説にかなり影響を受けていると思う。夏目漱石もおそらく読んでいたはずだ。

『白鯨』と言う物語は単なる「復讐劇」ではない。メルヴィルの思想はもっと深い所に沈殿していると思う。「死」を強く意識しながらも「再生」と「復活」という思想（願望）の根底には、本書44頁でも若干紹介したが、「バアル神」が隠されている。『旧約聖書』では徹底的に「ヤーフェ」の敵役として扱われている神である。この神は、「**カナン人の神**」であり、『旧約聖書』が生まれる遥か昔に、広範囲の地域（エジプト、ギリシャ、メソポタミアなど）で崇拝されてきた神である。「嵐の神」であり「豊穣の神」でもあった。

　メルヴィルは、「レヴィアタン」を「鯨」と想定しているが、この「レヴィアタン」は、紀元前13世紀の「ウガリット文書」[5]にすでに登場しており、「バアル神」がこの怪獣（蛇）を退治する文章が記載されている。

　例えば、次なる文章が書かれている：「お前は悪い蛇、レヴィアタンを打ちくだき、まがりくねる蛇を破った。七つ頭のシャリートを」とか「竜を沈黙させたではないか。這いまわる蛇を、七つ頭の強い怪物を破ったではないか」という文章もみえるのである。

　最初の文章とそっくりな文章が、イザヤ書（27-1）に書かれており、その文言はすでに本書33頁で紹介した。一方、後の文章中の「七つ頭のシャリート」とは、竜（ドラゴン）と思われるが「七つ」という数については、ヨハネの黙示録（12-3）に受け継がれている。

　イスラエルは「カナン文化」から強い影響を受けており、反発しながらも、その伝承を『聖書』は引き継いでいるのだ。

『白鯨』を読み進めて行けば明らかなように、メルヴィルは反聖書的な思想を持っている人物であることは確かであり、自身は根源的な「バアル神」に到達し、それを自己主張の源泉としていると考えられる。しかし、『聖書』には「**神の仇**」・「**悪のシンボル**」のように書かれている「バアル神」をあからさまに表に出すわけにもいかないのだ。

従って「フェデラー」のような「**ゾロアスター教徒**」を忍び込ませていると想像する。「ゾロアスター教」の神は「**アフラ・マズダ**」と言われているが、基本的には「**カナン人の神**」の思想を、しっかりと受け継いでいるのである。

「**バアル神**」自身は何度も「死」と「再生」を繰り返す神であり、メルヴィルの魂は、それに激しく共鳴しているのだ。

「**エイハブ船長**」は、メルヴィルの分身であり「**イシュマエル**」はメルヴィルの「復活」である。

　蛇足ながら付け加えれば、「バアル」（בעל）とは、「**主**」（Lord）であり、現在でもヘブライ語で「夫」のことを「家の主人（バアル・バイト）」（בעל-בית）と呼んでいる。

■ 第六章　参考図書

１）ラス・カサス（染田秀藤訳）『インディアスの破壊についての簡潔な報告』（岩波書店、2015　改版2刷）

２）西山俊彦『カトリック教会と奴隷貿易』（サンパウロ、2006）

３）チャールズ・ダーウィン（島地威雄訳）『ビーグル号航海記（上）』（岩波書店、1996）

４）Darwin Correspondence Project, "Letter No.178"

５）筑摩世界文学大系(1)『古代オリエント集』（筑摩書房、1989）

６）ジョン・ボウカー編著『聖書百科全書』（三省堂、1998）

７）メアリー・ボイス（山本由美子訳）『ゾロアスター教』（講談社、2010）

８）山本由美子『マニ教とゾロアスター教』（山川出版社、2011）

メルヴィルと万次郎の＝すれ違い＝

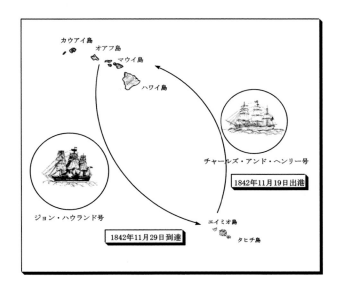

　　メルヴィルの乗った捕鯨船「チャールズ・アンド・ヘンリー号」が1842年11月19日、エイミオ島を出港した10日後に入れ替わるように同じ島に入港したのが「ジョン・ハウランド号」であり、その捕鯨船に乗り込んでいたのがジョン万次郎である。ハワイ島から4500km以上も離れているエイミオ島は、上の模式図では点のようなもので、タヒチ島に近い小さな島である。

（7−1）　漂流日本人の状況

　日本でも、鯨類の捕獲は先史時代から始まっていたことは古墳や貝塚などの調査から明らかになっている。『万葉集』などにも「鯨魚取り」という言葉は出てくる。また『古事記（中）』にも、神武天皇の段で「兄宇迦斯・弟宇迦斯」の話として、「鯨さやる（鯨がかかる）」という文言が現れる。はたして、これが鯨かどうかは、はっきりしないが、イルカなら可能性はある。但し、日本で本格的な「捕鯨業」ともいうべきものが始まったのは、江戸時代中期頃からのようである。

　近代捕鯨が始まったのは、ヨーロッパでは、16世紀後半頃からオランダや英国などの捕鯨船が、スカンジナビア半島の「シュピッツベルゲン島」周辺で大規模な捕鯨を進めていた。アメリカでは、17世紀の初め頃から、先に指摘したようにナンタケット島を中心とする沿岸捕鯨、更に19世紀前半に入ると、日本の鎖国を横目に見ながら、アメリカの捕鯨船（1847年当時729隻）を中心に、日本沖、太平洋、とりわけ日本沿岸の金華山沖などの有力漁場に押し寄せていた。従って、外国の捕鯨船などが、日本人漂流民を救助する場面がしばしば現れる。

　日本列島の太平洋沿岸は、列島沿いに黒潮が蛇行しながら北上する一方、ベーリング海を発した親潮は、千島列島沿いに南下し三陸海岸、房総半島沖まで流れ込み、互いにぶつかりあう。季節によって、その流れはかなり変動する。漂流した場合、北のアリューシャン列島方面に流される場合と、風向きにもよるが、黒潮にもまれて南方か北西太平洋方向に漂流する場合が多い。

◎「大黒屋光太夫」の場合：1783年（天明2年12月）に、伊勢の白子から江戸への航行中、駿河灘で台風にあい七カ月間漂流。アリューシャン列島の「アムチカ島」に漂着し、紆余曲折を経て寛政4（1792）年にロシアから帰国した事例はよく知られている。しかし、その十年後の1793年（寛政5年12月）にも、若宮丸（乗組員16名）が、石巻から江戸に向かう途中、暴風で漂流し同じくアリューシャン列島に漂着。苦労

しながらもロシアからヨーロッパに渡り、大西洋そして太平洋と、ほぼ世界一周をしている。11年後の1804（文化元）年に帰国（津太夫ら4名のみ）した例が記録されている。また、次の万次郎の場合よりも若干早く、四例の漂流記録も知られており、そのうち二例はアメリカの捕鯨船に救助されている。

　（参考：石川榮吉『国立民族学博物館研究報告別冊』429〜456頁、1989）

◎「ジョン（中浜）万次郎」の場合：14歳（1841年1月27日）の時、小さな漁船の炊事雑用係として宇佐から船出した。乗組員は船頭の筆之丞をはじめ5名。足摺岬沖で操業中、突然暴風にあい航行不能となって鳥島まで流され、その島で万次郎ら5人が143日間生き延びていた。1841年6月27日、たまたま鳥島に立ち寄ったアメリカの捕鯨船「ジョン・ハウランド号」に発見され救助された。この間の事情は、多数の本に紹介されている。開国間近の日本の国内の状況変化が追い風となる一方、本人の知識や体験、そしてその能力の高さが大いに貢献していると思われる。

　その一方で、時機を得ず、戻ろうにも戻れず異国に骨を埋めざるをえなかった人々も存在していたことを、我々は忘れてはいけないと思う。恐らく、救助された人々というのは氷山の一角で、名もなき多くの人々は海に消え、過去帳にも残されていないかも知れない。

　江戸時代初期、経済活動が活発になるにつれて、物資の海上輸送は重要性を増した。奥州の年貢米などを江戸に運び込むための東回りの外洋航路が、続いて出羽国の米を江戸に廻送するための日本海沿岸から瀬戸内海を経由して江戸に向かう西回りの航路も「河村瑞賢」らの指導の下に開拓されていた。しかしながら、江戸中期から末期にかけて、経済規模が更に拡大するにつれ、商品輸送のための千石船と言われる大型和船の往来が活発となるにつれ、太平洋側での海難事故が頻発し、乗組員の長期にわたる漂流問題が起きていた。和船独特の構造上の欠陥とともに、航海術の未熟さが、その一因とされている。

　先に触れたように、抹香鯨の攻撃で沈没したアメリカの捕鯨船「エ

セックス号」の乗組員が、長期間太平洋をボートで漂流する事例など
は、欧米ではきわめて稀なケースであった。

「**大黒屋光太夫**」や「**万次郎**」以外に、比較的詳しい資料が残されてい
る漂流日本人としては、①**小栗重吉**（1785－1853）、②**山本音吉**（1818
－1867）、③**米田屋次郎吉**（1812－1867）、④**浜田彦蔵**（ジョセフ・ヒ
コ）（1837－1897）らが知られている。

　この中で、**山本音吉**は1854（安政元）年には、英国側の通訳として
「日英和親条約」の締結に貢献しているが、日本に戻れず「モリソン号
事件」にも直面する。上海で長く活躍するも1867（慶応3）年、シン
ガポールで客死。

　浜田彦蔵（ジョセフ・ヒコ）は、1858年にアメリカに帰化しており、
日系アメリカ人第一号と言われている。1859年には、アメリカ公使の
ハリスの通訳として来日している。

（7-2）　メルヴィルと万次郎そして捕鯨船

　メルヴィルと万次郎の共通項をいくつか指摘するとすれば、(1)メル
ヴィルは13歳の時、父を失い、精神的・経済的な苦境の中、突然社会
の荒波に放り出されて職を転々としながら、陸から海に飛び出す決断に
より人生に活路を見出したこと。一方の万次郎は、9歳の時に父と死別
し、病弱な母と兄を助けるために、14歳で海に出たとたん広大な太平
洋の高波に押し流され、救助されるという幸運をばねに、人生を大転換
させていること。また、(2)メルヴィルは、商船や捕鯨船に乗り、大西
洋や西太平洋を広く航海し、多くの貴重な体験を著作に反映している一
方、万次郎も捕鯨船の乗組員として約5年間、大西洋・太平洋をわが庭
のように巡航し、過酷な人生航路を乗り切って、最後には「一等航海
士」となって帰国している。

　全く別々な人生模様を描く、この二人の航跡を辿っていく時、興味深
い事実に気が付く。あの広い太平洋上で、偶然ではあるが、タヒチ島の

西岸の「**エイミオ（Eimeo）島**」（現在の **Moorea** 島）で、わずか10日の差ではあるが、すれ違う場面が登場する。

1842年11月19日、メルヴィルが乗船していた、ナンタケット所属のアメリカの捕鯨船「**チャールズ・アンド・ヘンリー号**」は、ハワイ諸島に向けて「**エイミオ島**」を出港している。万次郎の乗った捕鯨船「**ジョン・ハウランド号**」は、11月21日にホノルルを南下し、逆方向で入れ替わるように、11月29日には、同じ島に錨を下ろしたのだ。

「**ジョン・ハウランド号**」の、三年半にわたる長い捕鯨航海中に偶然起きた一コマではあるが、非常に惜しいすれ違いではないだろうか。

そこで、以下の一覧表では、この二人の「すれ違い」の航跡を追って、並行しながら手短にまとめておきたい。

万次郎の初期の活躍舞台は、太平洋の西から東に至る広大な海域で、ひたすら鯨を求めて捕鯨の技術を磨いていた。一方のメルヴィルは、主に太平洋の東半分、西経150度近辺のハワイ諸島からポリネシア諸島あたりまでを移動しつつ、「**エイミオ島**」、「**タヒチ島**」などでの逃亡や投獄事件など、様々な知見や体験を通して、その後の一連の著作活動に反映している。

メルヴィルと万次郎の航跡

◎ハーマン・メルヴィル 　（1819－1891）	◎ジョン（中浜）・万次郎 　（1827－1898）
○1841年1月3日： 捕鯨船「アクシュネット号」（約350トンの新造船）。フェアヘブン港（ボストンの南）を出港。南米ホーン岬経由で太平洋へ。船長（ヴァレンタイン・ピース以下、約20名）。バハマ諸島近辺にて、鯨を発見する。3月には、160バレルの鯨油をリオデジャネイロ経由で本国に送る。	○1841年1月27日（天保12年1月5日）： 宇佐（高知）の港から、小さな漁船で出港（乗組員5名：船頭は36歳の筆之丞）。三日目、足摺岬東方で「はえ縄漁」を行う。気候の急変で強風に流される。 ○1841年1月12日： 悪戦苦闘しながらも鳥島に漂着する。それ以後143日間を何とか生き延びる。

○1841年6月23日： 4月中旬ごろ、ホーン岬を回り、5月7日にチリの沿岸を航行する。ファン・フェルナンデス諸島（ロビンソン・クルーソ島が近い）海域を抜け、6月23日にサンジャゴの港に投錨（二回目の寄港）。 ○1841年7月〜12月： この間、「アクシュネット号」は、ナンタケットの捕鯨船「リマ号」と船上交流する。メルヴィルは偶然に、あの悲劇の捕鯨船「**エセックス号**」の船長「**オーウェン・チェイス**」の息子にめぐり会う。 ○1841年6月23日〜10月： 「アクシュネット号」は、「マルケサス諸島」に到着。「ヌク・ヒバ」に錨を下ろす。7月9日友人と一緒に脱走。8月9日にはアメリカの捕鯨船「ルーシー・アン号」に乗る。タヒチに向かうも、10月3日タヒチを出て「**エイミオ島**（現：Moorea島）」に上陸。 ○1842年11月19日〜： メルヴィルは、ナンタケットの捕鯨船「チャールズ・アンド・ヘンリー号」と2年契約。**11月19日**「**エイミオ島**」を出港。翌年の五月、ハワイ諸島の一つ「マウイ島」で下船する。	○1841年6月27日： 捕鯨船「ジョン・ハウランド号」（船長：ホイットフィールド）のボートが、鳥島に海亀を探しに来る。そこで、五人を発見、救助し、ハワイ諸島に向かう。 ○1841年11月22日〜12月22日： オアフ島のホノルルに到着後、真っ直ぐ南下して、12月22日に赤道に近い「**スターバック島**」の沖合を一周しジャービス島を右舷に見ながら東進、グアム島に向かう。 ○1842年4月2日〜11月1日： 4月21日、グアム島を出港し、北上しながら、再び鳥島近辺を抜け、ハワイ諸島に向かう。「**カウアイ島**」で食料・水などを調達し、11月1日に出港し、赤道方向に南へ南へとひたすら帆走。 ○1842年11月1日〜11月28日： 11月28日、ソシエテ諸島の三つの島「**エイミオ島**」、「タヒチ島」、「テスロワ島」などを目指して南下する。 ○1842年11月29日： 「エイミオ島」のタルー湾に投錨。食料や薪水など多数を調達するも、出港許可が下りない上、天候もままならない日が続く。12月19日やっと出港し、ひたすら「ホーン岬」に向かって家路を急ぐ。

　上記の表中で注目したいことは、まず両者の出港年月日がほぼ同時期であること以外に、万次郎の乗った捕鯨船「**ジョン・ハウランド号**」が、いかなる理由か分からないが「**スターバック島**」沿岸を一周してい

ることである。『白鯨』に登場する捕鯨船「ピークオッド号」の最後の沈没場所を、強く示唆する雰囲気がある。

　万次郎は「ジョン・ハウランド号」に乗り、22カ月間鯨を追って航海を続け、1843年5月8日にニュー・ベッドフォードに帰港した。その後、三年間は、陸の生活が続き、船長の友人の家に寄宿しながら、英語、数学など様々な学習をこなしていた。1846年5月16日には、「ジョン・ハウランド号」で顔なじみのデービスに誘われ、一等航海士として捕鯨船「フランクリン号」に乗り込み、フェアヘブンを出港している。万次郎19歳の時で、3年4カ月の長い航海であった。

「フランクリン号」の航路は、大西洋を南下し、喜望峰を経由する東回りの航海であった。スマトラ島とジャワ島の間の「スンダ海峡」を通過するところまでは、『白鯨』の「ピークオッド号」の航跡とほとんど重なってくる。メルヴィルは、この手書きの『ライマン・ホームズの航海日誌』を読んでいたとは考えにくいけれども、先に指摘したポーの小説『ナンタケット島出身のアーサー・ゴードン・ピムの物語』には目を通していた。しかしながら、『白鯨』の「文献抄」には、ポーの作品は全く引用されていない。

　メルヴィルが全幅の信頼を寄せていたホーソンと気性が合わないと言われるポーを、何やら敬遠していたのかも知れない。

　メルヴィルは、ニューヨークから英国リヴァプールまでの商船による往復乗船体験や、南米回りの捕鯨船で東太平洋を航海した以外は、大西洋を南下し喜望峰を回って航海した形跡は全くないのである。

　1849年10月、万次郎は、当時ゴールドラッシュで賑わうカリフォルニアへ向けて友人とニュー・ベッドフォードを後にしている。

　苦労しながらも金山で程々の資金を稼ぎ、翌年の8月末には、ホノルルにたどり着く。その間、様々なトラブルに遭遇し苦労を重ねながら1851年2月3日、ついに琉球本島の南の海岸に上陸することに成功したのである。

　しかしながら、万次郎の帰国は、江戸幕府が鎖国の夢から目覚めようとした時代に折よく重なったとはいえ、万次郎が故郷の土佐に戻るまで

には、まだまだ多くの時間と障害が横たわっていた。

　偶然にも、この**1851年**（10月）は、メルヴィルが『白鯨』を世に送り出した年でもあった。日本の鎖国の扉を開けるきっかけは、アメリカの捕鯨船[7]であり、「日本」を何回となく取り上げているメルヴィルの無意識の暗示があったともいえるのである。

（7−3）　ジョン万次郎とユニテリアン教会

　『中浜万次郎の生涯』という本には、興味ある話が載せられている。

　ホイットフィールド船長が新家庭を築いたころ、船長は万次郎を連れて自分の所属する「オーソドックス（Orthodox）教会」を訪ねた時のことである。万次郎を教会の日曜学校へ入れるためであったが、すげなく断られたのだ。今でも人種差別から抜けきれないアメリカ社会だが、当時はもっとひどかったことがよくわかる事例だと思う。1863年、リンカーン大統領が「奴隷解放宣言」を出したと言っても、その当時の黒人に対する人種差別は、相当根強かったはずである。

　上記の本（61頁）に書かれている文章を引用すると、「わが教会では、黒人まがいの者を同席させるわけにはいかないし、ニグロに近い少年を白人の子供と一緒に教育するわけには参らぬ」という理由で断ったのだ。捕鯨船で鍛えられた万次郎は、日焼けして真っ黒だったのかも知れないが、酷い言いがかりである。人種を「**肌色で分類**」するという誤った考え方が根強く残る時代であったのだ。

　別の宗派の教会でもすげなく断られたものの、ユニテリアン教会だけが快く引き受けてくれたので、船長は家族ともども籍を移すという英断をしてくれたのだった。その当時から、かなり革新的で急進的な教会であったユニテリアン教会は、リンカーン大統領の「奴隷解放政策」を強く支持していた、ある意味人道的な宗派でもあった。

　ユニテリアン教会は、キリスト教正統派の教義の中心である「三位一体（父と子と聖霊)」という考えを否定し、「唯一（**ユニ**）の神格」しか

認めておらず、キリストの神性も否定する宗派である。

　内村鑑三のように異端視する主張もあって、キリスト教に含めない考え方もある。

　一方、正教会とは、18世紀末までアラスカがロシア領であった時代、アメリカに浸透したロシア正教会系の宗派であるが、現在のアメリカでは、１％にも満たない少数派である。

　蛇足ながら付け加えれば、万次郎は非常に賢くもあり、用心深い人物であったと思うことは、彼が読んでいた『聖書』を持ち帰ることなく、アメリカに置いてきたことである。当時の鎖国日本の事情をしっかり頭に叩き込んでいた証拠だ。

▌ 第七章　参考図書

１）中浜明『中浜万次郎の生涯』（冨山房、1970）
２）川澄哲夫訳注『ライマン・ホームズの航海日誌』（慶應義塾大学出版会、2012）
３）小林茂文『ニッポン人異国漂流記』（小学館、1999）
４）小松正之『歴史と文化探訪：日本人とくじら』（ごま書房、2007）
５）近盛晴嘉『ジョセフ＝ヒコ』（吉川弘文館、1963）
６）髙橋大輔『漂流の島』（草思社、2016）
７）川澄哲夫『黒船異聞』（有隣堂、2004）

第八章

『レッドバーン』

―『白鯨』の先行作品(1)―

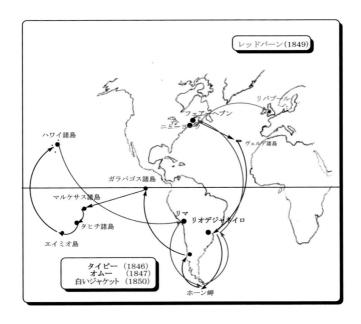

レッドバーン(1849)

ハワイ諸島

ガラパゴス諸島

リバプール

フェアヘブン

ニューヨーク

ヴェルデ諸島

マルケサス諸島

タヒチ諸島

エイミオ島

リマ　リオデジャネイロ

ホーン岬

タイピー　（1846）
オムー　　（1847）
白いジャケット（1850）

「邪悪なジャクソンはじめ、乗組員の多くが、私の敵に回って
いた。言い換えれば、友もなく連れもいない船の上の私は、一
種の“イシュマエル”になってしまった」

（『レッドバーン』：12章）

はじめに

『白鯨』を読んでいて気付いたことは、『白鯨』はメルヴィルを理解するための一里塚に過ぎないということである。『白鯨』だけを読んでいては分からないことが、『レッドバーン』や『白いジャケット』を読み込むことによって、メルヴィルの信念や構想がより深く浮き彫りにされてくる感じがする。

そもそも『白鯨』を書くきっかけとは何だったのだろうか。当時、生活は非常に逼迫し、陸上での就職口もままならずにいた21歳のメルヴィルは、「歩合175分の1」の平水夫として、1841年1月3日、新型捕鯨船「アクシュネット号」に乗り込み、フェアヘブンを出港した。同じ年の7月23日から8月にかけては、ナンタケットの捕鯨船「リマ号」と時々船上交歓会を行っていた。その際、直接対面し、会話を交わした人物、それは悲劇の捕鯨船「エセックス号」の一等航海士であった「オーウェン・チェイス」の、うら若き息子「ヘンリー・チェイス」であった。

1820年11月に起きた事件[1]を、メルヴィルは充分承知していたはずだが、その息子から生々しい現実的な話を直接聞き出すとともに、彼の父親の手記まで借りていたのである。メルヴィルの構想は、その時点で始まっていたと言えるが、まだ機が熟してはいなかった。

1851年出版された『白鯨』より数年前、即ち1846年に『**タイピー**』を、ついで1847年には『**オムー**』という、南洋ポリネシア諸島の冒険実話的小説を発表していた。この二作はすこぶる評判が良かったので、気をよくした彼は、新しい試みの第三作として、1849年には『**マーディ**』という意欲的な作品を世に送りだした。しかし、冒険実話風の前半と恋愛・風刺小説風の後半との間に一貫性がないなどと厳しく批判された。

そこで、より分かりやすい自叙伝風の『**レッドバーン**』や軍艦内体験生活を描いた『**白いジャケット**』を発表したところ、それなりの評価を

獲得することができた。いずれも自分自身を投影した実話的小説で、生活のためにやむなく船出した時代の船上生活の体験的記憶が、大いに生かされている。

　これら二作品は、『白鯨』を世に出すための先行作品と考えられ、『白鯨』を理解するためヒントが所々に顔をだすので、それに関連したテーマに絞り込みながら議論していきたい。

◎『レッドバーン』"もう一人のイシュマエル"

（8-1）　父の思い出

　メルヴィルが20歳になった時、初めて乗り込んだ船とはリヴァプール行の貨客船「**セント・ローレンス号**」であった。1839年6月から10月までの短期間であるが、リヴァプール滞在5週間中を含め、ニューヨークに帰るまでの体験談は、第四作目の『**レッドバーン**』として結実する。

　何故、この自叙伝風の作品を一番先に出さなかったのだろうか。悲嘆に打ちひしがれ未来が全く見えない、八方塞がりの若者の暗い記憶を、いきなり前面に打ち出す気にはなれなかったのだと思う。

　むしろ逆に、その暗さを打ち消すためにも『**タイピー**』や『**オムー**』に見られるような、西洋文明にあまり汚染されていない明るく透明なポリネシアの風景を描く方が、彼の魂の深部に潜む苦悶に直接触れずに済むはずなのだ。

　メルヴィルの家系を遡れば明らかなように、彼の母マリアの父、即ち祖父「ピーター・ガンズヴォート」は、アメリカ独立戦争の英雄であり、父方の祖父「トマス・メルヴィル」も「ボストン茶会事件」で活躍した名士だった。従って、彼は当時のアメリカでは著名な上流階級の末裔ということになる。彼の父アランはニューヨークで高級衣料品などを扱う店を開き貿易商でもあった。従って、ビジネスの関係で、しばしば

海外に渡航し、フランス語にも堪能で多くの絵画や美術品、家具、書籍などを購入していた。しかし、1826年頃からビジネスは下降気味となり、不況も追い打ちをかけ、多大な借金を抱えながら、1832年に熱病のため急死してしまったのだ。

　父から受け継いだ、長男ガンズヴォートの毛皮店も、1837年には破産の憂き目にあう。なかなか定職を見つける当てもなく、18歳になったメルヴィルに残された唯一の道は、あてもなく厳しい海原以外、選択肢は残されていなかったのだ。1839年6月5日、オールバニーからハドソン河を下り、ニューヨークからリヴァプールへの、綿などを運ぶ不定期船にボーイとして乗り込むことになる。リヴァプールに5週間ばかり滞在した後、同じ年の10月には、出発地ニューヨークに戻ってくるのである。この間に遭遇する数々の耐え難く、苦しい船旅が、小説『**レッドバーン**』の基礎となっている。決して楽しい船旅ではなかったのである。

　この小説の主人公の名前は「**ウェリングバラ・レッドバーン**」という、かなり長い名の人物だ。この名前の由来は、すでに亡くなっていた、アメリカの上院議員でもあった著名な叔父の名前に因んだものだった。

　第一章で、語り手（**ウェリングバラ**）は、この船旅に臨む自分の気持や家族のこと、とりわけ父に対する、懐かしい思い出話などを、かなり詳しく披露している。

「当時、私はほんの子供だった。しばらく前、母はニューヨークを離れて、ハドソン河沿いの気持の良い村に引っ越し、わたし達は、小さな家で静かに暮らしていた。私が思い描いていた将来の夢は、ことごとく失望に終わるばかりだった。自分自身を何とかしなければという強い気持が、生来の放浪癖とも重なって船乗りとして海へ出る決断をさせた」（参考：坂下訳）と書いている。

　そして、しみじみと亡父を偲ぶように、⑴父と一緒に埠頭に立って、大きな船の航行を眺めたこと、⑵ブロード街で輸入業者だった父が、何回も大西洋を渡って商売をしていたこと、⑶その父がパリで

買い求めた家具、絵画、彫刻などが、食堂の壁に飾ってあったこと、⑷大きな書棚には、父がパリやロンドンなどで購入した、金文字入りの美しく重厚な書籍が並んでいたが、フランス語で書かれていたため父しか読めなかったことなどを思い出す。

　特に主人公のこれからの人生、その運気を海にかけようと決意させた物とは、父がハンブルグで手に入れたフランス製の、極めて精巧に作られた、かなり大きな「**ガラスの帆船**」だったことを詳細に物語っている。

　この帆船の名は、「**ラ・レーヌ（女王）**」といい、父の来客の賞賛の的であり、近所の人々も船を見たさに母を訪ねてくるほどであったと言う。何から何まで精密に作られていたため、もしかしたら奥の方にはギニア金貨のような何か貴重な宝が隠されているのではないかと夢想し、海賊キッドのごとく船を壊して略奪してみたいという、異常な願望を抱くことがあった。このように、主人公「レッドバーン」の心に、一時的だが、狂おしいほどの悪心が噴出することは名状しがたいものだった。

　家を出る前、ガラス細工の船首に見える勇ましげな軍人が、危うく海に転落しそうな状態にあったことは気になっていた。それが、自分が初めての船旅のため家を出た直後、落下してしまったことを、後に妹たちから知らされたことを回想する。この海上への落下という状景は、メルヴィルが手掛ける暗示的な常套手段であり、『レッドバーン』でも二度起きている。『マーディ』や『白鯨』ばかりか『白いジャケット』でも、しばしば登場する場面がある。

　十二章の後半近くに顔をだす「レッドバーン」のセリフも見逃せない。

「自分の人生航路は、誰とでもうまくやっていくこと、それが最良の道だと分かっていたし、闘うのは我慢に我慢を重ねた最後でなければならないと自分に言い聞かせていた。だが、邪悪なジャクソンはじめ、乗組員の多くが、私の敵に回っていた。言い換えれば、友もなく連れもいない船の上の私は、一種の"**イシュマエル**"になってしまったのだ」と、まるで『白鯨』の冒頭を暗示するような文言も現れるのである。"**イ**

シュマエル”とは常にメルヴィルの影武者であり、似姿なのだ。

（8−2）　一 人 旅

　肉親との別れは、辛い。第二章は、次の文面から始まる。「可哀そうな母に別れを告げたとき、私の心は重く目には涙が溢れていた。おそらく母は、自分のことを、道を外れたわがままな子だと思っていたかもしれない。そうだとしても、無情な世の中で困難な時代であったのだから、そうせざるをえなかったのだ。私は多くのことを、苦々しく学んできた。未来に広がる栄光の夢は、ことごとく消えてしまった。こんな若さで、まるで年寄りのように野心を亡くしてしまった」と。

　そうは言っても、もう二十歳の自分は前に進むしかないのだ。後ろ髪を引かれる気持を振り切って家を出た。八歳年上で健康のすぐれない兄が、船着き場へ行く途中の曲がり角で自分を待っていてくれた。「気をつけて行って来いよ」と繰り返し注意してくれる兄の言葉を厳粛に受け止めていたが、「世間（神）からも見捨てられし者」としての自分は、自ら立ち上がらなければ誰も助けてくれないことは、確かに自覚していた。春も終わりに近づいており、湿っぽく寒い朝だったが、レッドバーンの前には世界があった。

　とうとう蒸気船に乗り込み、ハドソン河を下った。だが、まだ切符を手に入れてないことを思い出し、船長室に支払いに行きかけた時、突然の恐怖が主人公を襲った。この日から運賃が２ドルに値上がりしていたのだ。１ドルだろうと思い込んでいたので、手元には１ドルしかなかった。さあどうする「レッドバーン」、もう後戻りはできない、前に進むしかないのだ。やがて切符切りの若い男が近付いてきて、「切符を見せろ」という。普通の若者なら、哀願するか何とか頼み込む手立てを考えたかもしれないが、「レッドバーン」は強い態度に出た。「１ドルしか持っていない。これしかないのだ」と開き直る。不思議なことに、その切符切りの男は、なにやらぶつぶつ言いながらも、１ドル

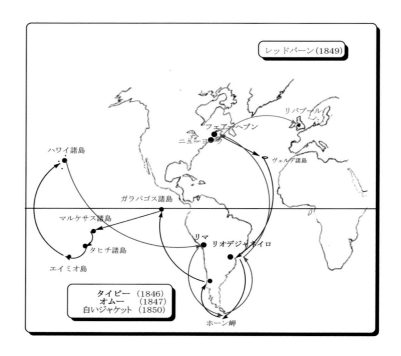

レッドバーン（1849）

リバプール

フェアヘブン

ニューヨーク

ヴェルデ諸島

ハワイ諸島

ガラパゴス諸島

マルケサス諸島

タヒチ諸島

エイミオ島

リマ　リオデジャネイロ

タイピー　（1846）
オムー　　（1847）
白いジャケット（1850）

ホーン岬

を受け取ると去って行った。殴られるかと思っていたのだが、鳥打ち銃
をもっていた「レッドバーン」の剣幕に気後れしたのかもしれない。

　じろじろと見つめる「おっさん」には、銃の引き金に触れるそぶりを
見せたので、周囲の男達はびっくりして「こいつは気が狂っている」と
叫ぶ始末。あの時はどうにも説明できない「悪魔的な感情」が、湧きあ
がっていたことは恥ずべきだったと、彼は後で反省する。

　船が、ニューヨークの埠頭に着くやいなや、「レッドバーン」は飛び
降りるように下船すると、急いで兄の大学友達の家へ急いだ。

　上に示す航路図の中で、赤線で表示してある部分は、ニューヨークか
らリヴァプールまでの往復航路で、メルヴィル最初の船旅の足跡であ
る。フリゲート艦「ユナイテッド・ステーツ号」での軍艦生活体験を描
いた『白いジャケット』の船旅は青線で示してある。

　本書では、特に取り上げてはいないが、初期の作品の『タイピー』や

『オムー』に関連した航路については、念のため黒い線で表示してある。

（8−3）　兄の友人と船を探す

　兄に紹介状を書いてもらっていたお蔭で、訪ねた家では大いに歓待され、心のこもった食事に癒やされた「レッドバーン」は、翌日、兄の友人、即ち「ジョーンズ」と連れ立って埠頭に赴き、多くの船会社を回り「職探し」を開始した。あちらこちら、苦労しながら歩き回った結果、「リヴァプール」行きの船を見つけることができた。たまたま、船長も船にいたので、船長室で早速面接を受けることになった。船長は、年のころ40くらいの上品そうな、白人と黒人の混血児（mulatto）であったが、気さくでさわやかな第一印象に、「レッドバーン」は、大いに気に入ったのだった。早速、「ミスター・ジョーンズ」は、船長に「レッドバーン」の紹介を始めた。

「船乗りになりたいという、立派な若者を連れてまいりましたが、いかがでしょうか。この子は、以前から船乗りに憧れていたのです」と始める。

　船長も、一目で「レッドバーン」を気に入ったようだったが、「船乗りは、大変だよ、つらい仕事だよ」と釘をさし、「田舎の子ならいいのだがね」と注文を付ける。

「この子は、確かに田舎からやってきましたが、立派な名門の出ですよ。彼の大叔父で、亡くなられましたが上院議員だった人がいますよ」などと、良かれと思ったのかも知れないが、つい言わなくともよいことまで披露する。「レッドバーン」は内心困惑する。

　だが、「レッドバーン」も思わず調子にのって「私の父は、大西洋を渡ったことがあります。わたしはありませんが」と口走る。

　彼の友は、更に念を押すように「この子の父は、アメリカでも有数の名門の家系でして、重要な仕事で大西洋を何回も横断しています」と畳み掛ける。しかし、これがいけなかった。すべて手の内を見せてしまっ

たようなものである。「レッドバーン」の待遇という直接的な話が、後回しになってしまったのだ。「ジョーンズ」は、しまったと思いつつもこう切り出す。「船長、このような若者に、普通ならどのくらい払ってもらえるのでしょうかね」と尋ねる。

　すかさず、船長は「このウェリングバラのような、未熟な若者の場合は、３ドル以上出したことはないがね」と、つれない返事をする。

　仕方なく「ジョーンズ」は、話題を変える。少しでも助けになればとの思いで「レッドバーン」の持っている「鳥打銃」を購入する気はないかなどと船長に打診するものの、それもあっさり断られてしまう。

　それと言うのも、「レッドバーンは、名門の家系の生まれで、親類には裕福な人がいる」などと、余計なことを口走ったために、逆効果になってしまったのだ。善意からの親切心があだになり、期待した前金すら貰えなかった。

　仕方なく、無一文の「レッドバーン」は、出帆まで一日余裕があったので、「鳥打銃」を金に換えようと、必死になって近くの質屋を訪ねることにした。最初の質屋では「３ドル」と言われたのが不満で、別の質屋で交渉してみたが、全く期待外れだったので、前の質屋に戻ったら、すかさず足下を見られて「２ドル50セント」しか出せないと言われた。やはり「レッドバーン」はまだ青かった。仕方なくその金をポケットにねじ込んで、その場を立ち去った。

　約束通り、母親や兄に手紙を書かねばならないので、まず文房具を買い、更に海用の衣類や帽子などの身の回りの品を買ったら、あらかた金は消えてしまった。たった一セントしか残らなかったのだが、ヤケクソ気味だったためか、海に投げ捨ててしまった。

（8−4）　船出前の試練

　一難去ってまた一難、「レッドバーン」の苦難は続く。翌朝、親切なジョーンズ夫妻に別れを告げ、小さな包みを抱えて、落ち込んだ気持の

まま船に向かったが、途中で激しい雨が襲ってきた。

　埠頭に着くや否や、今日の出港はないことが明らかとなったことを知った。これには、全く失望させられたのだった。

　さっき、別れの挨拶をしたばっかりの夫妻の元に戻るわけにはいかない。今は、船に乗り込むしかない。デッキに上がると、大きな男が何やら仕事をしていた。これから「レッドバーン」は、大人になるための「通過儀礼（イニシエーション）」ともいうべき関門を次々通り過ぎなければならない。いくつか拾い集めてみる。

★二等航海士と友達になろうとして、父の遺品の「嗅ぎ煙草入れ」の箱を取り出し、男にどうぞと差し出すが、「そんなものは海に捨てちまえ」と冷たく断られる。仕方なく、ぼんやり立っていると、なにやら慌てた様子の一等航海士に出くわす。

★「ここには、盗むものは何もないよ。サッサと出て行きな」とか、「この船に雇われたものです」と説明しても、「なんだと！　そんなジャケットでかい？　なんでこんな若造を雇うのだ」と当たり散らされる始末だ。

　更に「お前の姓はなんと言うのだ」と聞くので、「レッドバーンです」と答えれば、「火傷しそうだな。名前は何というのだ」と更に突っ込むので「ウェリングバラです」と答える。散々人の名前にケチを付けたあげく「なんでもっと簡単な名前にしなかったのだ」と粗末なジャケットのボタンに目が留まったのか、「今日から、お前の名は“ボタン”にしよう」と勝手に命名されてしまうのだった。

★最初に与えられた仕事は「**豚小屋の掃除**」そして「**ゴミ拾い**」、何の説明もないのに「捨て場所が違う」と怒鳴られる。今の時代なら単なる「いじめ」にすぎないが、当時の海の規律とは「一々説明しない」ことが原則のようだ。ただ命令すればよいのだ。ズブの素人を雇っておきながら、何の訓練も説明もなしに、強制的に仕事をさせること自体がおかしいといっても始まらないのだ。

「レッドバーン」は、不満ながら従うしかなかった。頭がふらつくような高い檣頭に登り降りしながらも、いつか落下して溺れ死ぬことがある

かもしれないという不安を感じていた。誰も知らない深い海の底に、人知れず横たわるくらいなら、故郷の日の当たる、あの心地よい生垣の下にでも埋められた方がましだと思うのだった。

　このような表現は74章にも出てくるが、似た表現は『白鯨』の132章にも顔を出す。

　小学生のころ、自分はやがて大学に行きパトリック・ヘンリーのような雄弁家になるのだとボンヤリ考えたこともあったが、今は家から遠く離れ、貧しく友もなく惨めな船乗りになろうと決めている。

　だが苦々しいことに、従兄弟たちは皆幸せで、裕福であり、叔父や叔母と同じ屋根の下に暮らしているのだ。生活のために、海に出ようなどとは、思いもよらないことなのだ。

「レッドバーン」の悲しくも、辛い「**ひがみ**」が滲み出ている。一旦、陸から離れて広い海に飛び出したなら、そこには不安な世界が広がっているばかりなのだ。

　いくら考えても今さら仕方がない、それが現実なのだ。要するに、自分の居場所は海の上の船以外にはないのだと「レッドバーン」は、もう陸のことなど振り返るまいと決心した。

（8-5）　レッドバーンの船上体験

　自分の親は、立派だったとか、従兄弟がどうのこうのというよりも、今はもう仕事に慣れることがすべてだと「レッドバーン」は、徐々に自覚するようになっていた。自分の殻に閉じこもっている暇はない、とにかく我慢強く仕事に励もうとした。

　出港して間もなく、夕闇せまるころ、船乗り全員の役割分担が決められる段階になった。まず、一等航海士が当直者を決めるということで、全員を後甲板に集合させた。

　一等航海士は、皆を見回しながら、手始めに「頑丈そうな美男子」をピックアップすると、二等航海士も、同じく「頑丈そうな美男子」を選

ぶという具合に、順繰りに当直の仲間を選んで行った。

　どういうわけか、最後まで「レッドバーン」には、お声がかからなかったのだ。他の乗組員達は、誰の当直に選ばれようが、全く関係ないという様子であったが、最後に残されたのが「レッドバーン」であった。こんどは一等航海士が選択する番だが「おや、ボタンがいたか」などととぼけた渋い顔をする。おまけに、二等航海士に向かって「このボタンを、お前の当直に入れたらどうか。一人分強くなるはず」などと、無責任にも押し付けるが、二等航海士は断固として拒否する。結局は、一等航海士の左舷配属に決まった。ここでも取り残された「**イシュマエル**」ならぬ「**レッドバーン**」がいた。

　夜食は出たが、お茶は出ない。いきなり「第一夜直」に命じられて甲板の見張りに立たされる。踏んだり蹴ったりで、段々船酔いのような、何やら気分が悪くなってきたので、今夜は休ませてもらおうと、下に降りようとした。すると、その時たまたま側にいたグリーンランド出身の男が、「俺が治してやる」と医者代わりの役を親切にも買って出てくれたのだ。

　男は、何やら入った水差しを持ってきてくれて「ボタンよ、これを一口飲んで、ビスケットを7つ8つ食ってみなよ。一晩寝るより、きっと気分もよくなるぜ」と言ってくれたのだ。なにかしら酒の臭いがする代物だった。

　自分は、禁酒教会の会員だったことを思い出したが、「酒も良薬になる」ということは知っていたので、飲んでみたところ、かなり飲みにくいものだったが、意外に効き目はあったのだ。

　この初めての夜直を経験した後、「レッドバーン」の気分は、曇り空に晴れ間が見えるように、徐々に硬さもとれ、落ち着きをとりもどして、周りがよく見えるようになった。船酔いからもほぼ回復し、体力も食欲も戻ってきたのだ。自分が心を開けば、相手も分かってくれるような気がしたのだ。結局、みんな社交的で「いい奴」なんだと思うと同時に、謙虚な気持で臨むうちに仲間と共感を持ち始めたのである。

　ところが、そういう雰囲気の中での夜更けに、突如一人の水夫が、凄

まじい声をあげて海に飛び込んだのだった。一瞬の出来事で、何が何だか分からなかったが、すぐさまボートは降ろされ、皆で船の周りを捜索したものの、男の姿はついに発見できなかった。

　この事件は、明るくなりかけた「レッドバーン」の気持に、不吉な予兆となって襲いかかってきた。母や姉妹の忠告に逆らって海に出てきた自分の愚かさを責めるとともに、二度と故郷に戻ることはないかもしれないという不安な気持が湧き上がってきた。

　この憂鬱な気分の中、更に悪いことは重なるもので、下に降りてみると、自分に割り当てられた寝場所は、あの自殺者が使っていた寝台に決められていたのだ。他に寝る場所はなかったのだ。

　そんな場所で横になって眠るなんて、到底できないと怯えていると、周りの船乗りたちは、「こんなことは、海ではよくあることだ。慣れっこなのだ」と平気な顔で、震える「レッドバーン」を臆病者と馬鹿にするのだ。彼らだって、自殺者が出たことには内心驚きおののいていたはずなのだが、逆に「レッドバーン」を罵るのだ。

　おまけに「こんなことくらいで、船乗りと言う苦難の人生に耐えられるのか」とか「お前みたいな若僧が、なんのつもりで、のこのこ海に出てきたのか」などと、悪口雑言、言いたい放題だ。

　そのうちの一人「ジャクソン」という男は、「俺の周りに近寄るなよ。お前を船から放り出すことぐらい朝飯前なのだぞ」と脅迫する始末だ。

　船旅の最初から、貧しく友もいない、さびしい若者に向かって、無慈悲で残酷な言葉が、次々と降り注いだのだった。

　孤独な「レッドバーン」にとっては、最も惨めで、いたたまれない瞬間であった。しかし、まだまだ試練はつづくのだ。

　次の試練は「甲板掃除」だった。綱のついた大きなバケツを海に突っ込み、それを引き上げ甲板に海水を流し出すのだ。あとはゴシゴシこすってから、何回も何回も水を流して掃除するという単純な作業だ。

　雨靴を用意していなかった「レッドバーン」にとっては、足元はびしょびしょになるし、全く不愉快で嫌な仕事だった。

　その仕事が終わると、朝飯の時間だが、これがまた彼には最大の苦痛

の種だった。そもそも、船乗りに必要な品物を、全く用意していなかったのは、うかつだった。まず、コーヒーなどの飲み物を入れるポットがない。だから、コーヒーは飲めない。次に、トウモロコシなどの入った粥状の肉スープ入りの桶が出てくるが、それをすくい上げる匙がなかった。仕方なく、木の棒を持ってきて桶に突っ込めば、その棒を叩き落とされて「金持ちの親父は、息子にスプーンも買ってやれないのかよ」と馬鹿にされる始末だった。

（8－6）　ジャクソンという人物

「レッドバーン」を散々脅かした「ジャクソン」という人物について、本文12章では、その人間像をかなり詳しく紹介している。

　まず、その容貌について、①黄熱病から回復したばかりの、カボチャのように黄色い顔をしている、②髪はなく禿げあがっている、③鼻は中央で崩れ落ちている、④片目はやぶにらみであることなど、外見は、すこぶる醜悪で、おぞましいほど不気味、まともには直視できないような男のようだ。性格は横暴で弱い者いじめだが、肉体的には全乗組員の中でも華奢であり、「レッドバーン」でも投げ飛ばせるくらいだという。

　年のころ、30〜50くらいで、八つの時から海にでており、教育はないが、船乗りの経験は多彩で、船の技術は一流。インド貿易船では、カルカッタで脱走し、世界の最悪の場所での悪徳放蕩、あるいはアフリカ沿岸ではポルトガル奴隷船での惨状や死など、あらゆる醜悪な場面に直面し、徹底的な人間嫌で反社会的な人物として描かれている。

　人間不信のジャクソンの眼は、「レッドバーン」に対しても、敵対的な悪意が込められていると感じられた。従って、他の乗組員達もジャクソンを恐れてか「レッドバーン」を全く相手にしなかった。要するに、この船の中では、一人の友、あるいは親しく話す相手もいない孤独な**「レッドバーン＝イシュマエル」**がそこにあった。

「レッドバーン」にとって理解しがたいことは、悪魔に憑りつかれたよ

うな「ジャクソン」という男が、ある意味「捨てられた哀れな船乗り」に過ぎないのに、何故か屈強な水夫たちの上に、魔術的な神通力で君臨していることであった。

　邪悪で悲惨な世界を見てきたジャクソンにとっては、現実世界に信ずべきものや愛すべきものはなく生きるに値するものは何もない。

　彼にとってあるものとは、それは「死」であり「天国なぞ糞くらえ」なのだ。「死とは、一陣の風のごとく、一方から他方へと吹き流される塵」に過ぎないのだ（22章）。

　もともと肺の病で苦しむ日々を過ごしていたジャクソンに、最後の時が訪れた。そろそろ帰りの船旅が終わりかけた頃、ボストン郊外の「ケープ・コッド」沖が見えてきた時だった。ジャクソンが船首楼から突然姿を現したが、まるで力なく、暗い墓から這いだしたかのような青白い顔をしていた。よろめきながらもマストの帆桁まで登っていったが、張りつめた綱に手を取られたのか、帆布を真っ赤に染めるやいなや突然帆桁から、真っ逆さまに海に転落し海底に没してしまった（59章）。

　ジャクソンが難破船を見た時に「レッドバーン」に吐いた言葉が印象的だ。「ボタンよ、あれを見ろ、あれが船乗りの棺桶なのだよ。はっはっは」（22章）。白鯨の捕鯨船「ピークオッド号」の最後を暗示するかのような場面を持ち出している。メルヴィルの頭の中では『白鯨』の構想がすでに出来上がっていたかのようなセリフだ。

（8-7）　バイブル＝父の旅行案内書

「レッドバーン」の父親の古い蔵書の中に、ヨーロッパと英国の旅行案内書などがあった。子供の頃、数多くの変わった飾りや図版に引き付けられながら、不思議な表題などにも飽きもせずに目を凝らして眺めたことがあった。これら半世紀前の、やや色あせた書物の中で、今回の目的にピッタリの「リヴァプールの映像」という書物があった。この本

は1803年発行とあり、父親（ウォールター・レッドバーン）の書き込みには1808年という筆跡が残っているので、語り手の「レッドバーン」から見れば、**31年前の記憶**をたどっていることになる。

　これは非常に好奇心をそそる、驚くべき本だったが、この本にまつわる甘い連想と相まって、愛する家族の思い出の詰まった品なのだから、どんなことがあっても手放しはしないと固く誓ったのだった（30章）。

　この30章のタイトルは、「レッドバーン、異国の古い旅行案内書に、耐えられないほど陳腐でおろかな気分になる」とあるように、少し奇妙な書き方にはなっている。だが、彼の本心は違うのだ。確かに一般の旅行記は、時間が立てば新鮮味が薄れ、役に立たなくなるものだと自分に言い聞かせる一方、それでも、この父が残した、まだ父のぬくもりが感じられる、この案内書は特別のものだと納得し、この本の頁をそっとなでるのだった。

　その昔、父もこの本の風景に見入っていたことを思い浮かべながら、過去の忘却の世界に溶け込んでいった。

　ここで気になる点は、メルヴィルがこの本の古さを、うっかり勘違いしていることだ。『レッドバーン』と『白いジャケット』という二冊の作品を立て続けに一年で書き上げるというスピード感に、本人の記憶が追い付いておらず、失念したようだ。二度、三度と同じ間違いの繰り返しに、全く気付いていないのだ。

　気になるので、念のためその箇所を原文とともに引用しておく。

① As I now fix my gaze upon this faded and dilapidated old guide-book, bearing every token of the ravages of **near half a century**....（私は、**半世紀近い**荒廃の後を伝えている、この色あせた見る影もない昔の案内書をじっと見つめながら……）

② And even as this old guide-book boasts of the, to us, insignificant Liverpool of **fifty years ago**,....（そして更に、この古い案内書が、**五十年前の**とるに足らないリヴァプールを自慢しているように……）

　父の形見である他の書物の中には、半世紀前のものもあったかもしれないが、この案内書に限っては、自ら詳細に記述しているように、父親

がリヴァプールを訪れたのは、31年前であるとはっきり書いているのではないか。31年もたてば、どこの町でも若干変容している部分はあるかもしれないが、「**五十年前**」と口が滑ってしまったようだ。

　リヴァプールに着くまでの船内で、この案内書を穴のあくほど読み込んでいたので、町の歴史や伝承、地図や挿画などは充分頭にしみこんでおり、寝床の中でさえ町を楽しくそぞろ歩きをしていたのだ。

　しかしながら、それは錯覚であった。ここでも、メルヴィルは繰り返し、自分の現在と過去の記憶を錯綜させ、再びこの案内書を引き合いに出してくる。少し長く引用する理由として、語り手の「レッドバーン」が、突如「ウェリングバラ」に変身するからだ。

③ It never occurred to my boyish thoughts, that though a guide-book, **fifty years old**, might have done good service in its day, yet it would prove but a miserable ciceron to a modern. I little imagined that the Liverpool my father saw, was another Liverpool from that to which I, his son **Wellingborough** was sailing. （案内書は**五十年前のもの**で、その当時には役に立ったのだろうが、今では惨めな案内人に過ぎないなどとは、子供の自分には思いもよらなかったのだ。父が見たリヴァプールと、息子である「ウェリングバラ」が、今船で向かっているリヴァプールとは、全く別物であることを、ほとんど想像もしなかったのだ）

　リヴァプールに着いた当日の夕方、仲間と夕食に出かけた酒場が、昔は「要塞」であったはずの場所なのだが、この酒場の名前をよく見ると「The Old Fort Tavern」（古い要塞居酒屋）という名前になっており、城の古い壁もそのまま残っているのを知って、少しは誤解が解けたのだった。

　翌日は日曜日だったので、早速父の足跡を忠実にたどり始める。まず、父親が宿泊した「ホテル：リドー」に向かった。メルヴィルは、そのホテルを確かめたいのだ：「My intention was in the first place, to visit Riddough Hotel, where my father had stopped, more than **thirty years before**」（私の第一の目的は、父が**三十年以上も昔**、泊まったホテル：リドーを

訪ねることだった)

　誰しも前に書いたことを失念することはたまにはあるのだが、この文章では、父親のメモに基づく案内書の記述に忠実であった。

　父親の筆跡をなぞるように逍遥する自分は、親を思う「子の巡礼」のような旅人なのだと言い聞かせながら、父の歩んだ石畳をかみしめながら歩くのだった。

　父がリヴァプールに来た時、もちろん「私」は存在しなかった。父は、私のことを想像することすらなかったのだ。そうなると、何やら悲しい気分がこみ上げてきた。「可哀そうな、可哀そうな**ウェリングバラ**。惨めな少年よ。友もなく見捨てられし子よ。知らない街をさまよう**よそ者よ**」と、いくら父を追いかけてみても、その時の父は自分のことを知る由もなく、今は手の届かない彼方に逝ってしまっているのだ。

　古い旅行案内書は、やがては役に立たない「紙屑」になるかも知れないが、「**ウェリングバラ**よ、君が幼い時に天なる父の言葉を大切にしたように、父の案内書は、君を迷いから遠ざける信頼すべき神聖な案内書として大事にしなよ」と「**レッドバーン**」は自問自答する。

　まさしく、父のガイドブックは、**バイブル**なのだ。メルヴィルは皮肉を込めて、そう言っているのかも知れない。

　ところで、メルヴィルは、リヴァプールという都市の名前の由来について若干触れているので、次の節でこの町の歴史を少しばかりたどってみたい。

（8-8）　謎の男＝ハリー・ボルトン

　この男も突然登場する謎めいた人物で、孤独な「レッドバーン」の影武者のような存在でもある。ある意味メルヴィルの分身とも言えるかもしれない。

　リヴァプールに到着してから、四週間以上経過した郊外散歩での、ある月曜日のことだった。44章は、次のような文言から始まる。

「ハンサムで洗練されてはいるが、不幸な若者、ハリー・ボルトンという人物と私は知り合いになった。小柄だが完璧な姿形、髪は巻き毛で、ソフトな筋肉、今まさに繭から出たばかりのようだ。顔は赤みを帯びたブルネットで、少女のようだ。手は小さく白く、黒く大きい目は、女性的だ。詩心は抜きにして、声は竪琴のようだった」と、長々と男性の姿形をこと細かく美化し、紹介するのは少し異常ではないか。メルヴィルの作品の中には、同性愛的な雰囲気の男性が一人か二人は必ず登場する場面があり、ナルシス的な傾向と同性愛的な性癖は共存しているようだ。

　ところで、リヴァプールという都市が、その当時どんな町だったのか調べてみる。

リヴァプールという都市

　案内書の表題の頁に目をとめた「**レッドバーン**」は、中に見える風景画を見ながら、金属製の「盆」に描かれている「不思議な鳥」の解説をしている：The bird forms part of the city arms, and is, an imaginary representation of a now extinct fowl, called the **"Liver"** said to have inhabited a **"pool,"**...（この鳥は、市の紋章の一部で、今では絶滅した鳥 **"リヴァー"** の想像図であり、この地域の **プール**〈沼地〉に住んでいたと言われている）と紹介されており、**"リヴァプール"** という地名の由来を説明している。

　現在でも、この鳥は町の大きなビル（Royal Liver builiding）などの屋上に聖像として飾られている。また、サッカーのリヴァプール FC のエンブレムにもなっている。

　一方、メルヴィルはリヴァプールの主要産業として、「この町の繁栄は、奴隷貿易と解きがたく結ばれている」と述べている（31章）。

　実際、18世紀のリヴァプールは、北アメリカと西アフリカを結ぶ「三角貿易」の拠点として発展したが、その影に「奴隷貿易」があったことは否定できない事実である。

　また、メルヴィルは40章で指摘しているように、リヴァプールから
は、毎年夥しい数のアイルランド人が、アメリカ、カナダ、オーストラ
リアに向けて、移民として旅立つことを述べており、帰路の「ハイラン
ダー号」には、500人ものアイルランド人が三等船室に詰め込まれてア
メリカに向かう様子を詳しく物語っている。しかも「馬鈴薯の不作は
あっても、世界に人間を送り出す人間の不作はない島の肥沃さに驚かざ
るをえない」と皮肉っているのが、妙に引っかかってくる。

　ハリー・ボルトンが、たまたま「レッドバーン」の仲間の一人と立ち
話をしていた際の会話に「アメリカへの渡航」らしき言葉を小耳に挟ん
だことから、しゃにむに、このハンサムな男に近づきたいと思い、話し
かけたのがきっかけだった。
　ハリー自身の説明によると、彼はロンドンからさほど遠くない、サ
フォーク郡のベリという所の生まれだが、幼くして孤児となり、唯一
の叔母と暮らしていたが、母の遺産として5000ポンドを相続する身と
なったという話から始まる。
　ハリーは、元々放浪癖があり、田舎暮らしは肌にあわない上、どんな
知的職業やビジネスにも興味を覚えず、賭博師などの遊び人などと付き
合っているうちに、遺産を使い果たしていた。東インド会社の船乗りな
どを経験したものの、それも嫌になり、稼いだ金はロンドンでブラブラ
しながら浪費してしまい、典型的な「放蕩息子」になっていた。一念発
起して、リヴァプールにたどり着き、「アメリカ行きの船」を物色して
いたハリーに「レッドバーン」は惚れてしまったようだ。
　漠然とした疑問を持ちながらも、孤独に悩み、どうしても旅の道連れ
が欲しい「レッドバーン」の魂に、天使が舞い降りてきたような錯覚を
呼び起こしたのだ。このハリーには、どこか「詐欺師」の雰囲気がある
のを「レッドバーン」は、なかなか気づかない。
　一週間後のこと、ハリーが突然、船（ハイランダー号）にやってき
て、いきなり「おい、ロンドンに行くぞ、ウェリングバラ。明日の朝、
一番列車で出発だ。夕方には着く」と言い出す。

実際夕方には、ロンドンの主要駅の一つである「ユーストン駅」に到着する。するとすぐさま「レッドバーン」は、馬車に乗せられ、なにやら奇怪な、アラジンの宮殿？のごとき家に連れていかれる。何の説明もないので、不安を感じ始める「レッドバーン」。

「ハリーは一体、ロンドンに何をしに来たのだ」と、「レッドバーン」は自問するばかり。今自分が、どこにいるのかも分からず目隠しされた状態では、誰だって不安に駆られる。

　しかも、封じた手紙の入った財布を「レッドバーン」に預け、意味不明な言葉を残して、「今夜はこの部屋を出てはいけない」と言うなり出ていってしまったハリー。

　メルヴィルは、何故ハリーのような男を書き込んだのだろうか。孤独に悩む「レッドバーン」のひと時の夢を、影絵として編み出したのではないだろうか。それは、「ハリーの死」の影絵であり、つまるところメルヴィル自身の影絵でもありうる。

　翌朝、目が覚めると、目の前にハリーが立っており、いきなり「俺はアメリカに行くよ。ゲームは終わった」というのだ。

「一体どうしたのだ！　ハリー！　賭博ですったのか」と「レッドバーン」はストレートに尋ねる。この言葉は、ハリーに強く響いたようだ。「錐で刺すような言葉じゃないか」と、ハリーは「レッドバーン」にゆっくり近づきながら短剣を取り出すと「ウェリングバラ、これを預かってくれ。手元に置いておきたくないのだ」と言うなり「レッドバーン」に一旦わたすが、何を思ったか、すぐさま短剣を取りかえすと、空の財布を突き刺したのだ。

　ハリーは、確実に気が狂っている。死を予告するような言葉を再三吐き出す。①おれは自殺志願者ではない。②あの呼び鈴の紐は、俺に首を吊れという招待状だ。③短剣で突き刺した財布は、俺の骸骨だなどと、重ねて口走っていたのだ。

「ロンドン見物の約束は一体どうなったのか。何があったのか」と尋ねる「レッドバーン」の質問には、「何も聞くな」の一点張り、一切答えないハリーだった。「レッドバーン」は夢を見ていたのだ。

「レッドバーン」がロンドンに滞在した36時間は空振りだった。すぐ
リヴァプールに戻ったのだが、船の仕事は二日間さぼってしまったの
だ。戻りのハイランダー号には、500人ものアイルランド移民が乗船す
ることになっていた。

　帰りの船に、ハリーも一緒に乗ったのだが、船乗りとしてのハリーの
運命について「レッドバーン」は、回想的に語る（50章）。
「可哀そうなハリー！　君のことを思うと、慰みのない悲しみだけが残
る。君の今度の航海は、海の墓場への道標なのだ。君の秘密と共にすべ
てが埋められてしまうのだ」と、すでにハリーの死を予告している。

　更に「君は、奇妙な形態の様々な混合物だ。幻想のケンタウルスだ。
半分は現実の人間だが半分は野蛮でグロテスクな人間だ」と断言してい
る。やっと「レッドバーン」は、気付いたようだ。

　二度もボンベイに行ったとか、色々公言していたのは嘘だったのだ。
帰りの航海の中で、船乗りの経験など全くなかった事が、皆にバレてし
まっていたハリーとは、ある種の詐欺師だったのだ。

　最後の章（62章）では、先の予言を確認するかのように、「捕鯨船に
乗ったハリーが墜落死した」ことを「レッドバーン」は、風の便りに知
るという設定になっている。

　結局、ハリーとは「レッドバーン」の虚像で、孤独で見捨てられた人
物の代弁者ではないのか。

　この作品は、様々な場面で「死」というテーマを、数多く扱ってい
る。ここでは直接触れないが、戻りの船中でのアイルランド移民の熱病
による多数の死の問題、また桟橋の近くの、崩れかかった古倉庫下で目
撃した母子の悲惨な死の話、リヴァプールの貧民街の物乞いの話など、
メルヴィルの慨嘆の種は尽きない。
「生きたラザロを救わない」で「死んだラザロを救って何になる」のだ
とメルヴィルは主張したいのだ。

　37章の終わりに、メルヴィルは激しく叫ぶ「Tell me, oh Bible, that story
of **Lazarus** again, that I may find comfort in my heart for the poor and for lorn」
（おお、聖書*よ！　もう一度ラザロの物語を聞かせてくれ。貧しき者、

見捨てられし者のために、わが心の慰めになるように）。

（＊注）①ルカの福音書（16-19～31）②ヨハネの福音書（11-1～24）

　メルヴィルの心は、反キリスト教的信念に溢れているのは確かだが、遠回しに述べているに過ぎないと思う。本人は、天国などは全く信じておらず、心の慰めにもならない『聖書』に絶望しているのだ。

『白鯨』でも、他の作品でもメルヴィルの信念は全く揺るがない。

■ 第八章　参考図書

１）ハーマン・メルヴィル（坂下昇訳）『レッドバーン』（メルヴィル全集５）（国書刊行会、1982）

２）Herman Melville, *"Redburn"* (*Penguin Classics*) (Penguin Books, 1986)

３）中村紘一『メルヴィルの語り手たち』（臨川書店、1991）

４）五十嵐博「メルヴィルの『レッドバーン』─ 貧困と死 ─」（東海大学紀要海洋学部）7（2）61-72（2009）

５）橋本安央『痕跡と祈り：メルヴィルの小説世界』（松柏社、2017）

第九章

『白いジャケット』（閉ざされた空間）

―『白鯨』の先行作品⑵ ―

　　帆船軍艦「不沈号」の高所から、真っ逆さまに墜落した「白いジャケット」は、白い経帷子を突き破り自力で脱出し、本来の「自分」を取りもどした。

（白いジャケット：92章）

（9-1）　『白いジャケット』の苦難

　『白いジャケット』を世に送り出す、その出発点とは、いつだったのか。それは、二回目の船出となる捕鯨船「**アクシュネット号**」に平水夫として1841年1月3日に乗り込んだ時が契機だったと言える。

　『白いジャケット』という物語が出来上がるまでには、メルヴィルの苦難の道のりが横たわっている。いきなり軍艦に乗り込んだわけではなく、その前に紆余曲折した体験が広がっているのだ。

　ハワイ諸島の「マウイ島」にしばらく滞在後、アメリカ海軍のフリゲート艦「**ユナイテッド・ステーツ号**」の水兵として採用される前は、次に示すように更に二隻の捕鯨船を乗り継がねばならなかった。

　ボストン郊外のフェアヘブンを出港し、ホーン岬を回り、ガラパゴス諸島の小さい島「チャタム島」に6日ほど滞在した後、あちこちで鯨を追いかけながら1842年6月には、マルケサス諸島の「ヌク・ヒバ」に上陸するや、仲間の一人と共に脱走し「タイピー族」部落に逃げ込むが捕まってしまう。どうにか逃げ出して、8月にはオーストラリアの捕鯨船「**ルーシー・アン号**」に雇われ、「タヒチ」に向かうも再びトラブルに巻き込まれ、同年の11月には、ナンタケットの捕鯨船「**チャールズ・アンド・ヘンリー号**」に拾われる。この間の冒険体験談は、第一作『**タイピー**』と第二作『**オムー**』として発表されている。次々と三隻の捕鯨船を乗り継いだ後、最後に出会った船、それが軍艦であった。

　『白いジャケット』の序文（原文）は、次のような文章で始まる。

「The object of this work is to give some idea of the **interior life in a man of war**. In the year 1843, the author shipped as a **common sailor** on board of a United States frigate」

　捕鯨船の航海は、3〜4年の長期にわたるもので、過酷な労働環境のためか、当初30人程度の乗組員の内、帰還するまでには、その半分ほどが途中で交代するか交代させられてしてしまうことが度々起こっている。

船長や他の乗組員との人間関係や待遇などの不満から、寄港した土地で脱走するケースも多く、乗組員がごそっと減ってしまえば捕鯨そのものも成り立たなくなるので、どこかで人員補給をしなければならない。

　軍艦の場合も、メルヴィルのように船乗りの経験があれば**平水夫**として雇ってもらえるのだ。鳥島で救助されたジョン（中浜）万次郎らの場合も同様で、人種を問わず戦力になると思えば雇う（拾う）のだ。

（9－2）　『白いジャケット』の誕生

　さて、『白いジャケット』のフリゲート艦「**不沈号（Neversink）**」は、ハワイで「語り手」を乗せた時は、すでに母国への帰国途上にあり、そこで寄り道した場所、それは太平洋の最後の港、ペルーの首都リマの外港「カヤオ（Callao）」であった。そこから軍艦内物語はスタートする。

　第１章の原文では、次のような文言から始まる。

*"It was not a **very white jacket**, but white enough, in all conscience, as the sequel will show"*

　真っ白ではないが『白いジャケット』とは、次作の『白鯨』と連動した表題であることは、各章を読み進めていくと明らかになる。

「何かを暗示する白」、メルヴィルは「白」という色に徹底的にこだわる。それは、「経帷子＝屍衣の白さ」だと、冒頭からこの作品の顛末を明らかにし、まさに「語り手」の運命をも暗示しているのだ。だからと言って、92章「ジャケットの最後」を読めば、これで万事が終わりだとはならないが、『白いジャケット』という作品にも、様々な埋め草が用意されているとはいえ、かなり直線的な物語といえる。

　本書第四章の第四節で、「白」の象徴する意味に関して、『聖書』などを中心に、様々な概念や定義があることを提示してきた。

　実際「白のイメージ」を端的に表示するとすれば、次図に示すように、正と負の両極端の構図が浮かび上がる。メルヴィルが、特に意識するのは「虚無」としての「白」のイメージであり、『白鯨』に限らず、

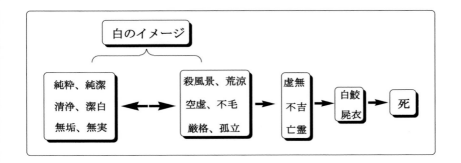

ほとんどの作品に、その傾向が鮮明に見えてくるのである。

　第一章は、このジャケットを作らねばならない事情の説明である。

　カヤオに停泊した時、それまで着ていた、フード付の外套を紛失して
しまった。その経緯は分からないが、代わりの厚手のコートは支給して
もらえなかったのだ。これから、寒風吹きすさむホーン岬を越えなけれ
ばならない中、急きょ自分で作ることになった。

　白い帆布を適当に裁断し、ポケットや袖口なども付けた長めの<u>真っ白
い上着</u>が出来上がった。その色の白さは、まさに「経帷子」の白さなの
だ。しかも、雨が降れば、海綿のように水を吸い、ずぶぬれになっても
檣頭に登らなければならない。おまけに、防水用にペンキを塗ろうとし
ても、ペンキはもらえないし、形が不恰好であるばかりか、下から見上
げれば、まるで白い翼を広げた「**アホウドリ**」がそこに佇んでいるよう
に見えるのだ。

　メルヴィルにとって「白いジャケット」の「白」には「清浄無垢」と
いう概念は全くなく、むしろ「**死の象徴**」そのものに収斂しているので
あるから、最後までこのジャケットを脱ぎ棄てることはできないのだ。

　作品の中で最も注目すべき箇所を指摘するとすれば、「軍艦での競売」
（47章）の記述に、それは端的に集約されている。

　この47章の最初の部分で、軍艦が入港中に行われる「競売」につい
て、次のような説明がある。「<u>軍艦で水夫が死ぬ</u>と、数週間あるいは数
カ月後に、その水夫の衣類袋が売却され、その売り上げは、相続人か遺
言執行人の口座に振り込まれる」と。

この競売は、水夫の死後に行われるものと説明済みのことなのだが、どういうわけか、この「白いジャケット」が、この競売リストに載っているのである。主計官に、語り手の白いジャケットがあらかじめ頼みこんでいたのである。おまけに、友達のウイリアムズを「**さくら**」として用意していたのだ。

　多くの水兵たちは驚きながら「なんで死んだ水兵の袋から、こんなものが出てきたのだ」といぶかるのも当然なのである。予想したとおり、誰も手を上げるものはなく「そんなものは、海に投げ捨ててしまえ」などと散々悪態をつけられ、馬鹿にされただけであった。

　白いジャケットは、こう呟くのである。「もし僕がジャケットを沈めたとしたら、それは海の底にベッドのように広がり、遅かれ早かれ、僕は死人となってその上に横たわることになるのだな」と。

　「白いジャケット」を買う人間が現れるなどと期待した、軽はずみな気持は、いっぺんに吹き飛んでしまった。それは当然なのだ。「死」を呼び込むような品物を手に入れたいなどと誰が思うのか。

　自戒しながら「白いジャケット」の私は、永久に "**ネッソスの毒**" から逃れられないと口走るのだった。

　ギリシャ神話の「**ヘラクレス**」の物語に関連して顔を出すケンタウロス族の「ネッソス（Nessus）」にまつわる逸話は少し長いが、以下に補足しておきたい。

ヘラクレスの物語

　ゼウスがアルクメネの夫の留守中に、その夫「アンピトリュオン」を装って交わってできた子供が「ヘラクレス」であった。ゼウスの妻であるヘラは、人間と交わったゼウスに腹を立て、ヘラクレスを殺害しようとしたが失敗した。

　子供のころから、並はずれた腕力の持ち主ヘラクレスは、戦いにも強く数々の難関を切り抜けながら冒険を重ねる。その後、紆余曲折を経てオイネウスの娘「ディアネイラ」と結婚するが、捕虜のイオレを寵愛

188

することを知った「ディアネイラ」は、自分を犯そうとしてヘラクレスの毒矢に倒れた「ネッソス」から、秘薬として受け取った「ネッソスの血（猛毒）」で塗られた下着をヘラクレスに送りつける。その下着を身に着けたヘラクレスは、激しい痛みに苦しみ、その苦しみから逃れるために、薪で自らを焼いて昇天する。

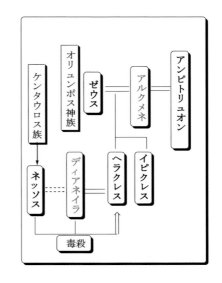

　以上の物語に登場する人物（神）像を理解するために、ゼウスからヘラクレスとネッソスまでの概略の系図が右上に表示してある。

　博覧強記なメルヴィルは、あちらこちらに様々な知見を織り交ぜてくるので、それらを追いかけるのは、なかなか容易ではない。

　そもそも「カヤオ」に着いたときに、フードつきの外套を紛失したことが発端で、まるで経帷子とそっくりな「白いジャケット」を作ってしまったことが、最後まで不吉な重荷となって本人を苦しめ続ける。

　他の乗組員たちから、敬遠され疎外される張本人と「白いジャケット」とは、全く別物なのだと強く主張しても誰も取り合ってはくれない。しばしば、外面的な「形」というものが、その人の運命を決定づける要因となることはあるのだ。

　78章「陰気な食事班」では、呪わしいほどに「白いジャケット」は散々痛めつけられる。それは、食事班の一人・桶工「シェンリ」が死んだことがきっかけだった。その理由とは、その食事班に「白いジャケット」が一人加わったため、全部で「12 + 1 = 13」人になったことが、そもそもの原因であると因縁をつけられたのだ。

　しかしながら、「シェンリ」本人が生きていたなら「13」という数字は、全く変わらないはずなのだから「白いジャケット」にとっては、と

んでもない濡れ衣であったのだ。実際、この「13」という数字を忌み嫌う（**_Triskaidekaphobia_**）という風習は、現在でも残っている。日本を含む漢字圏では「4」という数字を忌み嫌う風潮と全く同様である。

　原文では「**_The luckless odd number_**」（不吉な奇数）とも表現している。また、本書第一章の三節で、すでに指摘しておいたのだが、「白いジャケット」の70章には、船乗りが犯す20の刑罰の中で、"13"までが「死刑相当罪」であるという記述さえ見えている。明らかにメルヴィルはこの「13」という数字に、かなりこだわっている。

『白いジャケット』の場合は、直接的な表現で「13」という数字を、何回も繰り返し表示しているのに、『白鯨』では全く目立たないように<u>冒頭の「語源部」にのみ、密かに忍び込ませていた</u>のだ。

『白鯨』の翻訳者や文芸評論家などの解説などを注意深く読み込んでみても気付いていない様子。全くの無関心・無頓着のようだ。

　さっさと読み飛ばしている可能性はあるが、一般の読者なら、おそらく「語源部」などは無視して先に読み進むかもしれない。

　今の所、入手可能な様々な文献などを調べた範囲では、欧米の『白鯨』研究者でさえ、隠されたテーマである「13＝死」を見落としているのではないかと想像する。

　この「13」という数字と「白」という「経帷子」の色は、『白鯨』ばかりでなく、『白いジャケット』を理解するための共通の「キーワード」なのだ。

「白色」は人目に付きやすい。従って19章では、夜になると「幽霊」と間違えられ、上下索を動かされて、危うく命を落としそうになったこともあると書かれている。一旦、海に落ちれば、不吉な「白鮫」と勘違いされ、銛まで打ち込まれてしまう危険性さえあるのだ。

（9−3）　兄は士官、弟は平水夫

　現代の日本でも、「地盤・看板・親の七光り」などで、二世、三世と

も言われる国会議員が大手を振って歩き回るように、同族会社ならば、二代、三代と社長職がバトンタッチされていく状況は、ごく普通に見られる現象ではある。民主的組織なら、同じ系列の人脈が長期間にわたって権力を維持し続けることは、それほど容易ではないかも知れないが、時代を遡れば、どこの国でも「権力をもつ者ともたざる者」との壁は、はるかに大きかったことは確かである。

　56章「軍艦に乗った陸の皇帝」の中で、船乗りの「ジョナサン」が「私：白いジャケット」に語りかける、興味深い会話がある。

　"White Jacket, if yonder Emperor and I were to strip and jump overboard for a bath, it would be hard telling which was of the blood royal when we should once be in the water"（白いジャケットよ、あそこにいる皇帝と俺とが、裸になって、海に飛び込んで泳いだとしたら、どっちが王族の血統かどうか、水の中では区別できなくなるだろうよ）

　19世紀、マーク・トウェインの児童文学書『王子とこじき』という作品を思い出す方もおられると思うが、人間と人間を隔てているものは、ある意味、外見的な「形」に過ぎないことも確かなのだ。

　続けて「ジョナサン」が畳み掛ける。「ドン・ペドロ二世よ、どうやって皇帝になったのだい？　話してくれないか。あんたは、俺より腕力はなさそうだし、俺よりも背は低いぜ。おまけに、あんたは鼻ぺちゃだし、俺の方が鼻筋は通っているぜ……」などとうそぶくのもうなずける部分はある。メルヴィルにとって悲しいことに、自分の生い立ちには負い目があり嘆きがあるのだ。

　17歳の長兄ガンズヴォート、13歳の次男ハーマン・メルヴィルを含む、8人の子供達が取り残されてしまったという深刻な状況は、如何ともしがたく、その記憶は未熟な少年の心にトラウマとして深く刻まれており「何故自分だけがこんな不幸な目に合うのだろうか」という「ヨブの心境」は、すぐには解消できないのだ。

　自分の家は没落しており、貧しく友達もいない孤独な存在であるのに反して、従兄弟の家庭は安定した裕福な生活を送っているという、その落差に耐えられない気持をメルヴィルは最後まで引きずっている。

59章「軍艦のボタンは兄弟を裂く」には、メルヴィル自身の心境とも重なるような逸話が登場する。16歳くらいにしか見えない後甲板員である「フランク」という人物が、何故か「白いジャケット」に、「どうしても聞いてほしい」と話かけるのだ。ニューヨーク・ヘラルドという新聞の古い記事欄を、彼は指で押さえていた。その記事にはリオデジャネイロに停泊している艦隊向けの食料を積んだ合衆国の補給艦が、ブルックリンを出港したと書かれていた。彼が指で示したのは、そこに記載されている海軍士官候補生の名簿の中に記されている、ある特別な人物の名前であった。

「これは、僕の兄さんです。……（中略）……もうすぐ補給艦は来る頃です。そしたら、兄と顔をあわせることになるでしょう。

　でも、兄は士官、僕はあわれな平水夫……」と、概略このような告白であったが、本人は肉親の兄と会うのが辛いというのだ。

「白いジャケット」は、何とか説得しようとし、会った方がよいと勧めても「フランク」は首を縦に振らなかったのだ。兄弟であろうと従兄弟であろうと、肉親・親類の間でも社会的な境遇の差が顕著になった場合は、何となく気後れがして、顔を合わせたくない、隠れていたいなどという卑屈な気持が沸き起こるのかもしれない。

　メルヴィル本人が上記の代弁者であって、同様な雰囲気は作品の所々で、間歇的に湧き出すように思える。

（9−4）　軍艦内規律と鞭打ち刑

　捕鯨船を扱った『白鯨』などにも、船内規律は当然存在するはずであるが、刑罰についてメルヴィルは特に触れていない。おそらく、「鞭刑」のような体罰はなかったのではないだろうか。

　多くの人間が共同生活をする職場にあっては、その環境に見合った規律が存在することは当然かもしれない。とりわけ軍隊のような組織になれば、敵と戦うことを想定しているからには、どこの国でもその規律や

刑罰はかなり厳しいものがあった。

「白いジャケット」が乗り込んでいたフリゲート艦「**不沈号**」には、500人もの乗組員が狭い所に押し込められて生活していたわけで、悪く言えば海に浮かぶ「刑務所」のような閉鎖社会であったと言える。

　当然、様々なトラブルや犯罪が発生する可能性は大きくなる。

　特に、犯した罪に対応する刑罰の中で、メルヴィルが特に嫌悪していたものが「鞭刑」であった。この刑罰について、メルヴィルは33章から36章にわたって、極めて詳細に扱っている。

　まず、33章では、喧嘩をしたかどで捕らえられた四人の水夫の紹介から始まる。その四人とは「**ジョン、ピーター、マーク**それにアントン」であった。この男たちの名前から気付くことは、最初から三番目までは、『新約聖書』に因む有名な人物「**ヨハネ**」、「**ペテロ**」、「**マルコ**」を思い出される方もおられるかもしれない。最後の「アントン」はポルトガル人の水夫という設定で別扱いにされている。

　最初に「**ヨハネ**」という名前を持ち出した理由としては、「処刑立ち合い」の場面の説明の中で引用している「**最後のラッパ**（Last Trump）を聞く」（死者を呼び起こし審判に服させる）という話から判明する。これは、明らかに「**ヨハネの黙示録**」（8:6～）に因む引用である。

　大勢の人間の前で「奴隷のように裸にされ、犬よりもひどい扱いを受けて鞭打たれる。それは何のためだ？　本質的には犯罪ともいえないことで罰せられる」ことに憤慨するメルヴィル。

「鞭打ち刑」は19世紀半ば頃までは、アメリカに限らず多くの国々の軍艦内の日常茶飯事の行事であったことは確かで、この海軍の悪弊に対する非難は、メルヴィルが『白いジャケット』で取り上げる以前から問題になってはいたのである。

　その刑の遠因として、英国などでは、海軍の慢性的な人手不足があったことで「貧困者」、「失業者」、「浮浪者」などを手当たり次第に「勧誘」し、場合によっては強制的に「拉致」までして人員を確保したと言われる時期があった。従って、規則を守らない水夫が増えてくるにつれて、その対策として厳しい「鞭打ち刑」を頻繁に適用するようになった

と言うのが、一つの通説ではあった。

　今でも、イスラム圏諸国では「鞭打ち刑」は残されており、ごく最近（2020年6月現在）でも、インドネシアでは「100回の鞭打ち刑」で失神した青年が病院に搬送されたという報道には驚かされた。

　日本でも記録に残っている「鞭打ち刑」としては、第30代「敏達天皇」の時、「物部守屋の排仏」の段で、崇仏派である蘇我馬子の「善心尼」らの尻や肩を打つ「鞭うつ刑」に処したという記事（『日本書紀・下』）が見えるのである。

　ところで、「白いジャケット」が、あやうく「鞭打ち刑」に処せられそうになった場面も登場する（67章）。おそらく、その刑を受ける立場に立った人間の真理を描こうとしたのだと思う。白人、黒人を問わず、誰にでも「鞭打ち刑」に遭遇する可能性はあるのだ。

　何かの手違いがあったのか、「白いジャケット」の責任部署でもないのに、いきなりクラレット艦長は「なぜ自分の部署についていなかったか？」と尋問するのだ。「白いジャケット」が反問して、「どの部署のことを言うのですか。おっしゃる意味がわかりません」と答える。

　側にいた中尉に、艦長が確かめようとすると、「この男は、自分の部署を知らないはずはありません」と艦長の肩を持つような、無責任な発言をする。無実なのに、全く予期せぬ事態が起きたのだ。検察官であり裁判官でもある艦長が、強引な判決を下そうとしている。

　白いジャケットの心に、一瞬荒ぶる怒りが噴出しそうになった。「自分は艦長より少し風上側に立っている。艦長は大柄で力も強そうだとはいえ、傾いたデッキの上でいきなり彼に突進したら、確実に彼を海に突き落とせるはずだ。無論自分も海に落ちていくことになるが」と、全く「窮鼠猫を嚙む」心境で、耐えるに堪えがたい生存の最後の手段は許されると断言する。

　この時、温和で冷静な**コルブルック伍長**の一声が入る。「この男が部署を間違えるようなことは、決してありえません」と艦長に向かって堂々と反論したのだ。

　更に、「白いジャケット」が敬愛するジャック・チェイスまでもが、

同じ言葉を繰り返して助け舟を出してくれた。

　メルヴィルがどこまで考えていたのかどうか分からないが、この「**コルブルック（colbrook）**」という名前を語源に照らして考えてみると、「**共に耐える**」という意味に解釈できる。これは少し考え過ぎだろうか。メルヴィルなら思いつきそうな名前に見える。

　いずれにしろ、「白いジャケット」は、「殺人者で自殺者」という汚名から逃れることができたことは確かだった。

（9－5）　棺桶 (Coffin) と白いジャケット

　『白鯨』の２章に書かれているように、イシュマエルが泊まった旅館の名前は「**潮吹き亭：ピーター・コフィン**」であった。

「**コフィン（棺桶）だと？　潮吹きだと？**」とつぶやきながらも「なんとも不吉な組み合わせ」を予感させるような場面が『白いジャケット』にも登場する。まるで『白鯨』の結末を、いきなり暗示させるような出だしで、メルヴィルの「暗喩」や「隠喩」が所々顔を出すので、以下にそのような場面が登場する章を適宜選び出してみたい。メルヴィルの頭には様々な「**コフィン**」がへばりついている。

　まず17章では、ある朝の出来事として、漂流している「救命浮標（ブイ）」を発見したことから事件が始まったのだ。海藻や藤壺がびっしりこびり付いた、かなり昔に投げ込まれたようなブイのようだ。そのブイに立つ柱には「白い鳥」が一羽とまっていた。

　水夫たちが騒ぎ始めた。確かに一人いなくなっている。慌ててボートを降ろし、数時間捜索を行ったものの、何も発見できなかった。「一体誰なんだ」と叫ぶ者がいる一方、「**棺桶に用のない男だ**」と答える者もいた。すでに水葬されてしまっていたからだ。

　最後に名簿をチェックしたところ「**桶工**」だけが行方不明だったということが判明した。実に皮肉めいた話だ。浮標（ブイ）を作るのは、「桶工」の仕事だからだ。

「桶工」が行方不明になった、次の夜、「白いジャケット」は鐘楼の上方にある帆桁の上で、そのジャケットにくるまって夢想しながら、スペインの半島戦争（1808 － 1814）で戦死したイギリス軍の "Sir John Moore" を悼んで、Charles Wolfe（1791 － 1823）が発表した詩（The Burial of Sir John Moore...）を思い出していた。この詩のなかにも "**Coffin**" が顔をだすので引用する。

> No useless **coffin** enclosed his breast,
> Not in sheer or in shroud we wound him;
> But he lay like a worrior taking his rest
> With his martial cloak around him.

（彼の胸を覆うのは、役に立たない棺でも巻かれたシーツや屍衣でもなく、軍のマントに包まれて休息する勇士のごとく、彼は横たわっていた）

　ぼんやり夢幻の境地でまどろんでいた時、「白いジャケット」は、誰かの声ではっと気が付き、30 m の高さのある帆桁から降りようと動きだした際、下界の人間たちは上空の「白いハンモック」を見て、死んだ「桶工」の幽霊が現れたと勘違いしたのだった。「白いジャケット」自体が、いわば「棺」のように見えたのだ（19章）。

　20章は「軍艦での睡眠」というテーマである。不幸な「白いジャケット」の話は、しばらくやめにして「僕のハンモック」の話をしようと言う。「不沈軍艦号」には、500のハンモックが三層に分かれて、ひしめき合っている。一人に許されるハンモックの幅は、18インチしかない。猛暑の夏で凪の時は、堪らなく厳しく「我慢できるのは、骸骨ぐらいだ」という。汗でびしょ濡れになるので、何とか打開しようと工夫する。

　高さは調節できると思い、床上３インチまで下げてしまうと、Ｖ字型になってしまい、頭と足が同じ高さになってしまう。やむをえず、上の方に引っ張り上げると、「私の不幸なハンモックは板みたいに突っ張り、

鼻が天上に付きそうになり、まるで**棺桶**の蓋に顔を付けた死人みたいだ」と嘆くのだ。原文を引用する。

"My luckless hammock was stiff and straight as a board; there I was laid out in it, with my nose against the ceiling, like a dead man's against the lid of his **coffin**."

74章には、「ネルソンの棺」も顔を出す。このフリゲート艦「不沈号」には、「トーニー」という黒人の老練な水夫がいた。彼は、米英戦争の時、乗っていたニューイングランドの商船から英国の軍艦「マケドニア」に「拉致」され、その軍艦の大砲に配属された経験を持っていた。

やがて、英国軍艦「マケドニア」は、「不沈号」に制圧され「トーニー」は、「不沈号」の乗組員になったのである。

(9-6)　白いジャケットを脱ぐとき

メルヴィルは、「白いジャケット」の運命について、冒頭から赤裸々に開示してはばからない。

「更に読み進めてくれれば分かることだが、このジャケットは、経帷子の、まさにその白さなのだ」と宣言している。

『白鯨』の場合は、「イライジャ」という男がどこからともなく現れ、なにげなく不吉な予言を吐くのだが、『白いジャケット』では、ストレートに結論が披露されるのだ。

92章「ジャケットの最後」でわかりやすく説明を加えている。

[Already has White Jacket chronicled the mishaps and inconveniences, troubles and tribulations of all sorts brought upon him by that unfortunate but indispensable garment of his. But now it befalls him to record how this jacket, for the second and last time, came near proving his shroud.]

(この白いジャケットにまつわる、あらゆる種類の災難や不都合、トラブル、苦い試練などはすでに記録にとどめてきた。しかし、最後になっ

て再び、この不運でもあり必要不可欠なこの上着が、危うく「**経帷子**」になりかける事件が起きたことを記すことにする）

　フリゲート艦が、ヴァージニア岬の近くを航行していた、ある深夜のこと、突然「中檣上段三角帆の動索に綱を通せ」という命令が下された。どういうわけか、ジャック・チェイスが、この仕事を「白いジャケット」に割り当ててしまったのだ。

　目がくらむような高さまで、長い綱を引きずって登っていくという作業は、日中でも技量を要する仕事なのだ。ともかく重いジャケットをものともせず、登っていき下側の滑車のすべてに綱を通してから、最上部の滑車に綱を通そうとした時、突然船がガクンと傾いたのだ。

　たまらず、「白いジャケット」は、帆桁にひっかかることもなく、ジャケットを被ったまま、真っ逆さまに海に落ちていった。「父や母、姉妹やこれまで経験したことのすべてが、走馬灯のように回転しつつ去来するのだった。海に突入した瞬間、雷鳴が轟きわたり、自分の口から魂が飛び出すような感じがした」とある。

　死の恐怖が、波のうねりと共に「白いジャケット」に覆いかぶさってきた。一旦沈みかけていたジャケットは、その膨らみのせいか、ブイが浮くように、ゆっくり上昇していったのだ。だがしかし、そのジャケットが体に絡まってほどけない。そこで、腰にさしていたナイフを抜いて真一文字にジャケットを切り裂き、もがきながらもジャケットから何とか抜け出すことができたのだ。

　このあたりの描写は、アレクサンドル・デュマの傑作『モンテ・クリスト伯』が、袋詰めにされて海に投げ落とされたが、やはりナイフで袋を切り裂いて生還するプロットと極めて似ているような気がしないでもない。

　脱ぎ捨てられた「白いジャケット」を、どのように解釈するのか？
「**死の象徴**（屍衣）」であった「白いジャケット」を脱ぎ捨てたのであるから、「**死と再生**」というテーマとしてとらえる考え方は確かに成立すると思う。

■ 第九章　参考図書

1) ハーマン・メルヴィル（坂下昇訳）『白いジャケット』— メルヴィル全集 6 —（国書刊行会、1982）
2) 丹治陽子「若きイシュメイルの肖像：白いジャケット論」（横浜国立大学人文紀要）35、35–44（1988）
3) 中村紘一『メルヴィルの語り手たち』（臨川書店、1991）
4) Herman Melville, *White Jacket or The World in a Man of War*" (Book of the Month Club, 1997)
5) 五十嵐博「元軍艦乗組員メルヴィル：『ホワイト・ジャケット』に込められた意味」（東海大学紀要海洋学部）7（3）、79–90（2009）

"エンカンタダス諸島（魔の島々）"

「ガラパゴス諸島スケッチ」

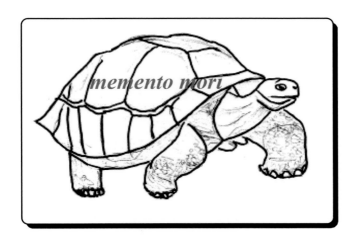

　モーツァルト（31歳）の父親への手紙には、次のような言葉が書き残されている。
"私は、まだこんなに若いのですが、もしかしたら**明日はもうこの世にいないのではないか**と考えずに床に就くことは一度もありません"と。
　まさに"メメント・モリ"（死を忘れるな）ではないか。

（10－1）　ガラパゴス諸島の風景

　メルヴィルの乗った捕鯨船「アクシュネット号」が、ボストン郊外のフェアヘブン港を出港したのは、1841年1月3日であった。その後、南米のホーン岬を経て南太平洋に顔を出し、鯨を求めて北上する。同年10月30日にガラパゴス諸島の「アルベマール島①」を初見し、11月19日～11月25日の一週間、「チャタム島⑤」に錨を下ろすことになった。水や薪、食料（特に亀）を補給するためであった。大きな陸亀を三頭捕獲している。この亀のことをスペイン語で**ガラパゴ**（Galápago）といい、その名に因んで命名された島である。

N

ガラパゴス諸島

① **アルベマール**（イサベラ島）　⑥**チャールズ**（フロレアナ島）
② **ナルボロー**（フェルナンディナ島）⑦**フード**（エスパニョラ島）
③ **ノーホーク**（サンタクルス島）　⑧**ビンドロー**（マルチェナ）
④ **ジェイムス**（サンチャゴ島）　⑨**アビングドン**（ピンタ島）
⑤ **チャタム**（サンクリストバル島）⑩（サンタフェ島）

船乗り仲間たちの間では「エンカンタダス島（*Enchanted Isles*)」とも呼ばれていた。魅惑的な島であり「魔（魔法）の島」でもある。

　この「ガラパゴス諸島」の短い記憶が、メルヴィルの「飯の種」でもあった。何故なら、『白鯨（1851）』や『ピエール（1852）』は、かなり不評で思ったほど売れなかった上に、1853年の年末には、マンハッタンにあった「*Harper & Brothers*」社の倉庫が炎上し、未販売の本や製本準備の原稿などを含めて、すべて焼失してしまうという不運も襲っていた。わずかな収入源のあても消失し、財政的に非常に逼迫していた時に書かれたのが、この『エンカンタダス：魔の島々』（1854年）であったと言われる。

　『ピエール』を書き終えた頃から体調を崩し精神的にも非常に追い詰められた時期にあったようだ。アルコール依存と坐骨神経痛などに加えて、家庭内暴力もあり、かなり危機的状況であったようだ。

　丁度この時期（1853年）に創刊されたばかりの、アメリカの雑誌『パットナム誌』が、メルヴィルに救いの手を差しのべたといえるかもしれない。

　メルヴィルは、この時すでに、ニューヨークからミズーリー州の「ピッツフィールド（Pittsfield)」という、風光明媚な田舎町に引っ越しているが、買い取った古い農家の北側に、屋根付きのベランダ（*Piazza*）を造って過ごしていた。

　メルヴィルの「ガラパゴス諸島」の記憶は、僅か一週間ばかりのことであり、チャールズ・ダーウィンが調査船「ビーグル号」で回遊した1835年の9月15日〜10月20日までの期間、この島々を探索したことに比べれば、その情報量はかなり少なかったと言える。

　従って、この十話にわたる「ガラパゴス諸島」の描写は、実話というよりも、他の人々の記録や伝承などを取り込んだ幻想的産物と言えるかもしれない。また、その当時のメルヴィルの暗い落ち込んだ気分からすれば、観光案内書的な「明るくわくわくする風景」を描くことなどはできない相談だったと思われる。

　従って、「魔の島々」という副題からも分かるように、全体的に暗い

物語が断片的に続くので、特に著者が興味を惹かれたスケッチの風景を重点的に追いかけてみたい。

　ガラパゴス諸島は、南米エクアドル本土から西へ約1000km先の太平洋上にあり、赤道直下のエクアドル領の群島で、1978年には、初めての世界自然遺産として登録されており、世界的には関心の高い観光スポットであり、本来は「魅惑の島」なのである。

　この群島の中で、最大の島はアルベマール島（イサベラ島）で、活火山があり、最近では2018年6月27日には「シェラネグラ火山」が噴火しており、すぐ西隣のフェルナンディナ島（ナルボロー島）の「ラクンブレ火山」も2020年1月12日に噴火している。アルベマール島の面積は、ハワイ諸島のオアフ島の3倍もあり、日本の佐渡島の5倍以上もある、大きな島である。

（10-2）　群島スケッチ（1～4）

　メルヴィルの乗った「アクシュネット号」がガラパゴス諸島の一つ「チャタム島（サンクリストバル島）」を訪れたのは、1841年の11月19日のことであった。先に述べたように、この島はチャールズ・ダーウィンが、その6年前に最初に上陸した島でもあり、この後ダーウィンは、「チャールズ島」→「アルベマール島」→「ジェイムス島」の順に、約五週間程度これらの島々を踏査している。

「チャタム島」は、1535年に発見されて以来、定住者はいなかったものの、群島の中でも「淡水」が利用できるため、捕鯨船などが不定期に水などの補給のため立ちよることはあったようだ。

　1832年にはエクアドル領となっており、エクアドルの流刑地となった時代もあった。日本の淡路島より少し大きい島である。

　メルヴィルは、各スケッチの冒頭に16世紀のイングランドの詩人、エドマンド・スペンサーの物語詩を引用するが、何か非常に陰鬱なイメージが先行する。スケッチ(1)の最初の数行を引用してみる。

「どこかある郊外の空き地にそこかしこと投げ捨てられた燃え殻の堆積が二十五も連なり、その堆積のいくつかが大きくなって山と化し、さらにその空地が海に変じたと想像されよ。さすれば、エンカンタダス、つまりは魔の島々のおおよその相貌を想い描くことができよう。群島というよりは一群の死火山、神罰の大火災に見舞われた後の世界も大方はかくもあろうかと思われるのだ（杉浦訳）」と書かれている。まるで「Harper & Brothers」社の倉庫が大炎上したことが脳裏から離れないような表現だ。「投げ捨てられた燃え殻の堆積が二十五」という表現は、いかにも不自然な気がする。

「ガラパゴス諸島」の中で地質学的に最も古い島は、フード島（エスパニョラ島）であり、南東側から西に向かって徐々に新しい島が誕生したとされている。大陸とつながったことのない、海底のマグマが噴出してできた島々である。

「チャタム島」もかなり古い島の一つであるが、ダーウィンがこの島を訪れたのは、9月17日から9月22日までの六日間で丁度乾季（6月～11月）に相当する季節でもあった。従って、激しい暑さの中、凹凸の激しい黒い大地を歩きまわるのに苦労する様子がわかる程度の記述（2頁）しかない。

メルヴィル自身もほぼ同じ乾季（11月）に、この島に滞在したものの、記憶が薄れているせいなのか、あるいは、この島の地質学や気候には全く興味を持ち合わせていないのか、知識があいまいで不正確である。

例えばこんな具合である。「この群島に変化というものが訪れてこない。……（中略）……すでに燃え殻と化してしまっているからには、もうそれ以上荒廃のしようがない。……砂漠なら驟雨によって洗われることもあろうが、これらの島々はおよそ雨とは無縁なのだ」という記述がある。赤道直下の島々なので、雨季があることを想像すらしていなかったのかもしれない。

「島々のもう一つの特徴は、どう見ても生物の棲む場所ではない……（中略）……人間も狼も等しくこの島々との係わりを絶つ」などと、

ダーウィンが読んだらびっくりするような内容である。

　ダーウィンが訪れた「チャールズ島」には、その当時すでに200〜300人が居住していたことが記録されているからだ。

　メルヴィルは、果たして『ビーグル号航海記』を読んでいたのかいなかったのか。興味深いことに、第七話で「チャールズ島」の話になると、「チャールズ島は他の島々と比べてみて、人間が住むのには遥かによく適している」という記述も登場するのだ。

　メルヴィルが乗った軍艦の図書館には、ダーウィンの本（1839年版）が置いてあったという事実から「**メルヴィルはその本を読んでいた**」というアンダーソンの説[1]は妥当かもしれない

　メルヴィルは、むろん爬虫類の存在は認めているものの、この群島の景色をすべて同じ目線で説明しようとする。しかも、明らかに自らの欠陥を認めるような記述があるので、原文を紹介したい。

"*Such is the vividness of my memory, or **the magic of my fancy**, that I **know not** whether I am not **the occasional victim of optical delusion** concerning the Gallipagos*"

　（私の記憶があまりに鮮明で、と言うか、私の空想の魔力があまりに強烈なため、自分が時として**ガラパゴス諸島についての視覚的な幻想の犠牲者**となっているのではないかとさえ疑われるのだ：杉浦訳）

　自分の記憶が極めて頼りなくぼやけていることを逆説的に認めながら、その穴埋めをするための幻想を大いに活用したようだ。

　ガラパゴス諸島は、ダーウィンにとってもメルヴィルにとっても人生の重要な分岐点にあたる、象徴的な島に思える。

　ガラパゴス以後、ダーウィン

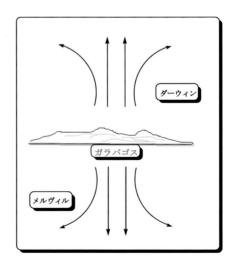

の運気は明らかに上昇気流に乗っていたと思う。より高い目標に向かってどんどん駆け上がっていく感がある一方、メルヴィルの人生の暗い階段は、下へ下へと下降する流れに逆らうことができずに、次第に深みに落ち込んでいく傾向があったと思われる。

　最初に上陸したはずの「チャタム島」に関しては、その直接的な観察記述は見当たらない一方、アルベマール島に亀を捕獲しにボートで出かけた話は、少し詳しい。

　しかし亀の相貌に関するメルヴィルの引用や記述には、少なからず違和感を禁じえない。

　先に指摘したように、冒頭にメルヴィルが引用しているスペンサーの物語詩（第2巻12-23）の一部を読んでみると、「それらは世にも<u>醜怪</u><u>なる姿</u>にして、おどろおどろしき面貌、母なる自然の女神ですら、その<u>恐ろしさのあまり顔をそむけ、……（中略）……何とてもかく厭わしき</u><u>出来損ないども生まれ落ちしかと</u>、慙愧の汗かくほどに、すべては<u>恐ろ</u><u>しき不具者どもの容貌</u>」（杉浦訳）という表現は大いに引っかかる。

　そこで、このスペンサーの詩の訳文[3]を遡っていくと、この詩は、<u>亀のことを書いているわけではなく</u>、その前（第2巻12-22）には「人が見たら仰天するような、<u>巨大な海の怪獣</u>の、もの凄い一群が勢ぞろいしているのが見えてきた」（和田訳）が最初に書かれており、続く五行の語句を**完全に丸写し**にしたものである。

　いずれにしろ、亀をこのように奇形児のごとく醜く恐ろしげに描く詩人はいないはずだ。メルヴィルの本文の表現では、「亀は黒くて同時に明るいのだ」とか、「世界の縁の下から這いだしてきたばかりの生き物」、「何と神々しく立派な面貌であろう」、「あの生きる鎖帷子のゆるぎなき鎧を考えてみよ」などと、引用した詩とはかなりかけ離れた雰囲気で書かれている。

　さて、メルヴィルの暗く沈殿した気分が滲み出ていると思われる文章が、以下のように記されていることは注目される。

「巨大な一匹の亀が燃えるように鮮明な文字で、背中に書かれた文句　"メメント・モリ"を輝かせながら、<u>脳裏に残る寂寥の荒地から姿を現</u>

し、のそりのそりと部屋の床を這ってくるのを目の当たりに見る思いがする」と。

　メルヴィルにとっては、亀は経帷子をまとった「**冥途の使者**」を連想させるほどに「**死を意識**」する瞬間があったのかもしれない。

　しかし第二話の最後に出現する「**鬱から躁**」への180°反転したメルヴィルの気分をどう理解すべきだろうか。

「私は仲間の船乗りとともに、**亀のステーキとシチュー**で楽しく夕食を取り、食事が終わるやナイフを取り出し、巨大な三つの凹面の甲羅を三つの珍奇なスープ皿に作り変える……」と変身する。

「何と神々しく立派な面貌であろう」と言ったメルヴィルの言葉は、一体何だったのだろうか。何と人を食った話ではないか。

　その島に関しては、亀の話題や岩礁の話などが続くが、特筆すべきものは何も出てこない。但し、次節の第五話に始まる「フリゲート艦エセックス号」に続く逸話には興味を惹かれる。

（10－3）　群島の逸話と幻想（スケッチ：5〜10）

◎「フリゲート艦エセックス号」

　1812年6月18日、対英戦争が勃発した当時、フリゲート艦エセックス号の艦長は「David Porter」[7]であった。この船は、イギリスの捕鯨船などを追いかけて1813年の1月までにブラジル沿岸に沿って、南大西洋を遊弋しており、五カ月の間に、13隻のイギリス捕鯨船を捕獲するなど華々しく活躍していた。

　この間エセックス号は、ガラパゴス諸島の「チャタム島」、「チャールズ島」「フード島」、「アルベマール島」などを訪れ、水や食料、木材の補給などをしており、ガラパゴス諸島の記述もかなり詳しい。

　実際、メルヴィル自身も「エセックス号は、エンカンタダスの島々とは特殊な深いつながりを持っている」とまで書いており、その島々に関しては、船長の手記を丹念に読んでいたに違いない。

実際、メルヴィルは次のようなドラマチックで、すこぶる面白い話（原書：Ⅵ章）を見逃すはずはないと想像する。

　イギリス船から逃れたアイルランド人で、名前は「パトリック・ワトキンス」という人物が、数年前から「チャールズ島」に住みついていたという逸話である。２エイカーというかなり広い畑を耕作地として、ジャガイモやカボチャを栽培し、時折訪れる捕鯨船などの交易で「ラム酒や銀貨」などと交換しながら、粗末な小屋で生き延びていた人物、それが「パトリック・ワトキンス」だ。

　衣服はボロボロ、裸同然で赤い髪と縮れ上がった髭、強い日差しで黒く焼けた肌、その態度や顔つきは、誰もが恐怖におびえそうな野蛮で荒々しい未開人そのものであったと書かれている。

　この不毛な場所でただ一人暮らす惨めな生き物として、充分な量の「ラム酒」さえあれば、それ以外に何の望みも野心もない存在。

　島にいる亀や他の動物と同じレベルの生活に満足しているかのように見える人間に驚きを隠せない記述が続く。

　しかし、こんな男にも野心が目覚めた時があったのである。ある時、アメリカ船からボートで飲料を求めて近づいてきた黒人をマスケット銃で脅して、まず一人を子分（奴隷）にしてしまう。この段階で話が終われば、ロビンソン・クルーソーと忠実な家来の「フライデー」と似た物語で終わるのかと想像したが、「フライデー」は強制的に拉致された人間ではないので、その後の展開は予想と全く異なり単純な話ではない。二転三転しながら、込み入った映画のようなサスペンス風の物語が続くのである。

　このぼんやりと暮らしていたかのようなアイルランド人に目覚めの時がやってくる。ただの野蛮人ではなくなるのだ。

　ある日仕事を覚えさせるためか、パトリックが先頭に立ち、先の黒人を連れて山を登っていく途中、狭い渓谷に足を踏み入れたとたん、パトリックの油断を見透かした黒人が、彼を投げ倒して後ろ手に縛りあげ、パトリックは浜に連れ出された揚句、それまで貯めこんだ金を、黒人の仲間たちに巻き上げられてしまう。

　しかし、乗組員たちが彼の掘立小屋や畑を荒らしているすきに逃げ出し、山の隠れ家に潜み、一仕事終えた船が出帆するのを待つ。

　その後、同じように野菜や亀などを求めにやってくる船乗りたちに、接し方を変えて一計を案じる。今まで隠し置いた大切な強い酒で何人かの乗組員を誘惑しては泥酔させた揚句拉致するや、当該の船が出帆するまで隠してしまう。

　かくして、彼は四人を奴隷にし、自らは専制君主として君臨し、暴君になるという、お話である。

　メルヴィルは、以上の物語の筋書きを利用しながら、島の名前や登場人物の名前なども変え、二つのスケッチ（第六話と九話）にリメイクしている。

　第六話では、「ジェイムス島」を「バーリング島と海賊たち」というタイトルに変え、第九話では「フード島と隠者オーベルラス」というタイトルに変えながら、自らの精神世界に引き込んでいる。

　第九話は、シェークスピアの『The Tempest（嵐）』の中の魔女の息子「オーベルラス」を「隠者＝皇帝」に仕立てあげる話である。

　一方、「バーリング島」とは、「チャタム島」の東側にある小さい島であり、「フード島」も「チャタム島」の南東に位置する小島である。話の内容からすれば「ジェイムス島」に間違いないのだが、同じ名称を使えば、全くの「模倣」と思われることを恐れたのかも知れない。

　この島には、その昔（17世紀）西インド諸島で暴れまわった海賊たち（Buccaneers）に関係する遺物が残されており、その逸話にも刺激されて書き込んだのかもしれない。

　メルヴィルの語りは、必ずしも正確ではない。「バーリング島には、良質の飲料水があり……」と書いているけれども、手記の中身とはかなり違っている。乗組員たちは「真水」を求めて、この島のあちこちを苦労して探検したが、海賊たちの言う「給水場」は完全に干上がっていたと書かれている。唯一発見できたのは、わずかに湧き出る、きわめて小さな水源だけだったのだ。

　また、ポーターの手記によると、島の西側の空き地には土と石ででき

た椅子と、おそらくペルー産のワインや酒が入っていたと思われる多数の広口瓶が転がっていたと語る箇所が存在する。

　この箇所からは、メルヴィルの想像力はかなり飛躍してくる。

　「それは、バラモン教徒や平和協会の会長にでも仕えたかに見える腰掛だった。石と芝草で造られ、かつては均整のとれた長椅子だったものの昔懐かしい名残である（杉浦訳）」という表現に変えている。何故突然「バラモン教徒や平和協会の会長」が出てこなければならないのだろうか。何だかぴんとこない表現である。

　また広口瓶に関しては、「今日スペイン領の沿岸地方で、そこの地酒ともいうべきブドウ酒やピスコ酒を入れるのに使われているのにそっくりだ」という言い方に改変しているのは、西インド諸島の事情と混同しているのかもしれない。

　物語を自分流にアレンジするにしても、豊かな構想力に欠けてきているように見える。陰りが見えてきたのか、読者の興味を引き付けるような迫力が失われているような感じがする。

　メルヴィルが実際に訪れたのは「**チャタム島**」が唯一の島であるが、この「**群島スケッチ**」の十話には、何故か十島以上の島が顔を出すのである。

　中でも、第八話に出現する「ノーホーク島」の物語は、イギリスの詩人、エドマンド・スペンサーの『*The Faerie Queene*[9]』をモデルにした、メルヴィルの幻想的作品と言われるが、女性が主役として登場する珍しい作品ではある。

◎ノーホーク島（サンタクルス島）の女

　ノーホーク島、今では「**サンタクルス島**」と呼ばれ、ガラパゴス諸島のほぼ中央に位置している、イサベラ島に次ぐ二番目に大きな島である。この群島の人口の半分以上は、この島に集中しており、現在では「チャールズ・ダーウィン研究所」も設置されており、重要な島なのである。

　しかしながら、この島に関するメルヴィルの語り口は、いかにもそっ

けないのだ。むしろ全体的には、自分の幻想に強引に引きずり込みたいという意欲に満ち溢れている。

「チャールズ島の遥か北東方向に、他の島々から隔てられてノーホーク島がある。<u>多くの航海者にとっては、取るに足りない島かも知れない</u>が、私にとっては、この寂しい島が同情を通り越して人間性の<u>不思議な試練によって浄化された場所</u>なのである（私訳）」という書き出しから始まる。

実際「**サンタクルス島**」は文字の通り「**聖なる十字架の島**」という意味になるので、偶然とは言え、何かメルヴィルの気持にピッタリの風景が見えてくるようだ。

冒頭は、やはりスペンサーの物語詩（第2巻12-27）の五行目からが引用されているが、原文の一部（太字部分）は変えている。まず原文[9]そのものと、相当するメルヴィルの詩の訳文を引用する。

"At last they in an island did espy,

A seemly **Maiden**, sitting by the shore,

That with great sorrow and agony,

seemed some great misfortune to deplore,

And lowed to them for succour called evermore"

（ついに彼ら、さる島のうちに見出しぬ、その岸辺に麗しき「**女**」、独り座りおるを、その「**女**」、深き悲しみに打ちひしがれて、大いなる不運をば嘆く様子にて、声高に救いを求めてやまざるなり：杉浦訳）

原文は、「**乙女**（maiden）」とあるのを、メルヴィルの引用では「**女**（woman）」に改変している。「寡婦」を主人公とする、メルヴィルの想像の産物であり、そのように変えた意図は不明だが、スペンサーの物語詩の内容とは全く異なる。

「この女」とは、スペイン人とインディオとの混血の女という設定である。メルヴィルおよび乗組員たちは、彼女を助け出し、島での暮らしぶりや独りになった経緯を詳しく聞き出した後、彼女を母国のペルーに送り届けるという物語である。

比較のため先のスペンサーの詩の直後の物語詩の訳文[3]を少々引用

する。

　"騎士（ガイアン）はこれを聞くとすぐ、悲しみの原因をたずねて慰めてやろうと、巡礼に命じ、舟をその嘆きの乙女の方へ向けた。

　すると巡礼は、騎士をさとして言った。「お言葉に従わなくて、気を悪くなさらないでください。**あの女の叫びに耳をかしたら、酷い目にあ**うのです。本当は何も苦しんでなんかいないのです。あなたの堅固な心**をもろい弱さで動かすため、ただ女らしく上手につくろっているだけな**のです」"という、極めて醒めた巡礼の詩が続くのである。

　「**君子危うきに近寄らず**」なのか、「**虎穴に入らずんば虎子をえず**」なのかは、人生の危うい分岐点かもしれない。どちらも真実であるが、どちらを選ぶかは、各人の判断に任されている。メルヴィルは、無難な道を選んだように見えるが、助けた「女」が魔女のような人間だったとしたら、また別のストーリーが浮かび上がるかもしれない。その方が、副題「**魔の島々**」の風景に相応しい気もするのだが。

▌第十章　参考図書

１）Charles R. Anderson, "*Melville in the South Sea*" (Columbia University Press, 1967)

２）ハーマン・メルヴィル（杉浦銀策訳）『乙女たちの地獄①』（国書刊行会、1983）

３）エドマンド・スペンサー（和田勇一・福田昇八訳）『妖精の女王』（筑摩書房、1994）

４）Elizabeth Hardwick, "*Hermann Melville*" (Penguin Books, 2000)

５）Andrew Delbranco "*MELVILLE: His World and Work*" (Vintage Books, 2005)

６）Herman Melville (Lynn Michelsohn), "*In The Galapagos Islands*" (Cleanan Press, 2011)

７）David Porter, "*Journal of a Cruise made to the PACIFIC OCEAN by Captain David Porter in the United States Frigate ESSEX in the years*

1812, 1813, and 1814"... (Gale, Sabin Americana, 2012)

8 ）チャールズ・オールソン（島田太郎訳）『わが名はイシュメイル』
（開文社出版、2014）

9 ）Edmund Spenser, *"The Faerie Queene"* (Penguin Books, 1987)

あとがき

　2020年12月8日現在、世界の新型コロナウイルス感染者の数が、6700万人を超えました。その勢いはまだ止まりそうもない状況です。

　多くの人間同士の接触は妨げられ、移動もままならず、結局我々は、好むと好まざるとに係わりなく一種の外因的「引きこもり」現象に直面しているのかも知れません。

　ロビンソン・クルーソーのように、孤島での、世界から遮断された生活も偶然か強制的かは別にして一種の「引きこもり」状態と言えます。

　暴風で船が難破し自分以外の仲間をすべて失い、一人生き延びてたどり着いた島を、ロビンソン・クルーソーは日記の中で「絶望の島」と自ら名付けていますが、その孤独の状態から立ち上がって希望を失わず生き抜いています。決して「絶望の島」ではなかったのです。

　ところが『白鯨』の「イシュマエル」は、一人生き延びた状態で終わっていますが、再び「孤独なイシュマエル」に戻るのです。

　更に注目すべき点は、『白鯨』のエピローグの最初に書かれている「イシュマエル」の文言です。ヨブ記（1-15）の言葉が引用されており、「I only **am escaped** alone to tell thee」（KJV）とあります。何故原書を引き合いに出したのかと言えば「escape」という単語にあります。この単語には、自動詞も他動詞もありますが、作品の内容からすれば、他動詞が正しいわけです。

　「イシュマエル」一人が助けられたのです。自力で脱出したわけではありません。誰かに知らせなければ、この物語は成立しないのです。

　「鯨」とか「捕鯨」という言葉が、あまり話題にならなくなってきた今日この頃ですが、日本という国が世界に登場するきっかけを作ったのは、やはりアメリカの捕鯨船の活躍と無関係ではないことを認識しておく必要はあるでしょう。

　散々鯨を捕りまくっていた国が、一転して反捕鯨国になるという矛盾は残っていますが、資源保護を含めて沿岸捕鯨に集約せざるをえない日

本の現状は仕方がないのかもしれません。

　いずれにしろ、メルヴィルの『白鯨』を一度は読破し、ジョン万次郎という賢くも勇敢な人物が、江戸末期の混乱した時代に大いに活躍し、日本の夜明けに深く貢献したことを記憶にとどめておきたいものです。

　本書の中で著者が特に力を入れた箇所は、第三章の「**ヨブ記の限界と神の二面性**」です。神とサタンの理解は、『旧約聖書』と『新約聖書』では違います。神とサタンを完全に分離した『新約聖書』の原罪は、そこにあります。

　神＝善、サタン＝悪という単純な二元論的解釈から離れることが、世界や宗教を理解し、前進させるキーワードであると考えます。神とサタンは「紙の裏表」の関係に過ぎないのです。

　最後に、もう一言付け加えておきますと『**白鯨**』に感動した人々の中に、フランスの小説家・評論家の"**カミュ**"がいます。約５年もかけて苦心しながら『**ペスト**』を書き上げており、メルヴィルに関する評論も書いています。

柿園　聖三（かきぞの　せいぞう）

本名：舟橋弥益男（ふなばし　ますお）。昭和14（1939）年東京生まれ。千葉大学名誉教授（理学部）、専門（糖質化学・天然物化学）。東京工業大学理工学部化学課程卒業（昭和38年）。同大学院理工学研究科博士課程修了（昭和43年）。理学博士。

新型コロナによる「閉塞状況」の中で何をなすべきか。それは人それぞれでしょう。この際、かなり昔に読みを中断していた『白鯨』を棚から取り出し精読・検証した結果、自分なりの結論に到達したのでまとめてみました。

【著書】
『祭りと神話と社から"聞こえる・見える"』（東京図書出版、2017）

魂の十字架
―白鯨の深層―
メルヴィル

2021年2月28日　初版第1刷発行

著　者　柿園聖三
発行者　中田典昭
発行所　東京図書出版
発行発売　株式会社 リフレ出版
　　　　〒113-0021　東京都文京区本駒込 3-10-4
　　　　電話 (03)3823-9171　FAX 0120-41-8080
印　刷　株式会社 ブレイン

© Seizo Kakizono
ISBN978-4-86641-381-5 C0098
Printed in Japan 2021

落丁・乱丁はお取替えいたします。
ご意見、ご感想をお寄せ下さい。